L'Étincelle de Flynn

Héros à louer, tome 5

Dale Mayer

L'Étincelle de Flynn, Héros à louer, tome 5
Beverly Dale Mayer
Valley Publishing Ltd.

Copyright © 2017

Traduit de l'anglais par Maya et Valentin Translation

Il s'agit d'une œuvre de fiction. Les noms, les personnages, les lieux, les marques, les médias et les incidents mentionnés sont le produit de l'imagination de l'auteur ou utilisés de manière fictive. Toute ressemblance avec des événements, des lieux ou des personnes, existant ou ayant existé, est entièrement fortuite.

ISBN-13 : 978-1-778862-45-8
Format Print

Résumé

Bienvenue dans *L'Étincelle de Flynn*, le cinquième tome de la série *Héros à louer* que les fans attendaient avec impatience. Dale Mayer, auteure de best-sellers au classement de USA Today, vous propose de retrouver les hommes inoubliables de la série *Légion d'honneur* dans une nouvelle collection de romances pleines d'action, de suspense et de rebondissements.

Certains boulots sont faciles, d'autres pénibles…

À titre d'essai, Flynn accepte de participer à une opération de sécurité pour Levi chez Legendary Security. S'occuper d'Anna et de son refuge pour animaux devrait être le travail le plus facile qu'il ait jamais accepté. Il ne s'attend pas à ce que les ennuis commencent lorsqu'il part, la mission terminée, et réalise qu'il ne souhaite plus jamais quitter Anna.

Pour cette dernière, la présence de Flynn était à la fois une bénédiction et une malédiction. Elle a apprécié l'aide qu'il lui a apportée dans ce refuge… mais chaque moment passé ensemble a fait jaillir entre eux des étincelles. Alors qu'elle essaie de se convaincre qu'elle est soulagée de le voir enfin lui tourner le dos (bien que sexy), il monopolise de nouveau ses pensées bien avant qu'elle ne tombe sur un cadavre.

Quelqu'un en a après Flynn, quelqu'un qui les a vus ensemble, qui a remarqué l'attirance brûlante… et qui sait maintenant exactement comment obtenir ce qu'il veut de sa cible.

Inscrivez-vous ici pour être informés de toutes les nouveautés de Dale !

https://géni.us/DaleNews

Chapitre 1

IL AVAIT TOUT intérêt à être là. Anna Burrows dévala la route, tourna dans l'enceinte et, freinant brutalement, s'arrêta brusquement devant le garage. Une partie d'elle-même était absolument ravie de voir Katina, tandis qu'une autre l'était tout autant de voir Flynn. Mais la majeure partie était follement en colère contre lui. Et elle comptait bien l'écorcher. S'il ne restait pas immobile assez longtemps pour qu'elle le puisse, elle s'en prendrait à lui d'une manière ou d'une autre. Elle sortit de la voiture et claqua la portière. Plusieurs hommes se tenaient devant le garage, et d'autres sortirent pour voir ce qui se passait. Ce fut alors qu'elle aperçut Flynn. Elle attrapa sa veste du côté passager, s'approcha de lui en trombe et se colla presque contre sa large poitrine.

— Tu pensais vraiment que je ne l'apprendrais pas ? lui cria-t-elle au visage. Tu l'as fait exprès. Tu l'as fait exprès. Comment as-tu osé ?!

Le visage de Flynn se fendit d'un immense sourire. Et ses yeux dansaient de joie. Elle savait qu'elle lui avait fait plaisir, mais c'était bien trop sérieux pour qu'elle se laisse marcher sur les pieds.

Une blague, c'était une chose. Mais là, c'était plus que ça.

Elle releva le visage vers le sien, surpris.

— Eh bien, ça n'a pas marché, espèce d'enfoiré !

Elle se retourna et marcha jusqu'à sa voiture. Elle prit le sac en plastique sur le tableau de bord et le montra à tout le monde.

Il devait y avoir une demi-douzaine d'hommes dans les parages. Tous des gros bras. Mais son regard était fixé sur Flynn. C'était lui qui l'avait rendue complètement folle ces dernières semaines. Elle savait qu'elle n'avait été rien d'autre qu'un job de plus pour lui, le type de réaction qu'il avait suscité chez elle n'en étant que plus regrettable, mais même là, il n'avait pas été capable de rester totalement professionnel.

Dès qu'il avait mis le pied sur sa propriété, il avait fait exploser sa colère dans le ciel. Et elle ne s'était pas encore calmée. Elle lui mit le sac sous le nez.

— Et si c'est le tien, je rappellerai les flics pour voir s'il est couvert de sang de hibou – un hibou tué la nuit dernière et laissé éviscéré sur mon palier ! Et vérifier que ce couteau ensanglanté se trouvait dans la poche de ta maudite veste, *dans ma chambre.*

Avec une fureur qu'elle n'avait jamais ressentie auparavant, elle rejeta son bras en arrière et le frappa violemment au visage.

Un silence absolu s'installa.

Puis elle entendit une exclamation.

— Anna ?

Katina arrivait en courant. Dès qu'Anna aperçut sa meilleure amie, elle fondit en larmes. Les deux femmes tombèrent dans les bras l'une de l'autre. Aucun des hommes ne prononça un seul mot.

Finalement, lorsqu'elle se calma suffisamment pour arrêter de pleurer, Anna serra Katina dans ses bras et lui dit :

— Je suis vraiment désolée. Mais je devais venir lui dire que je savais ce qu'il avait fait.

Katina secoua la tête.

— Il y a quelque chose qui ne va pas, ma chérie. Flynn peut être beaucoup de choses, et je ne le connais certainement pas aussi bien que les autres, mais je sais quel genre d'homme il est. Il ne ferait jamais de mal à un animal.

Anna baissa la voix et chuchota pour que les hommes n'entendent pas.

— Et à une femme, alors ? À mon cœur ?

Katina se recula pour regarder son amie dans les yeux et dut comprendre, car elle ne pipa mot, mais Anna lut la question dans le regard de Katina. Anna secoua la tête.

— Je suis désolée, chuchota Katina. J'espérais que les choses s'arrangeraient entre vous deux.

À ce moment-là, Katina se retourna et passa devant Anna, posa ses mains sur ses hanches et jeta un regard à Flynn. Puis elle fit un pas en avant et lui donna un coup de poing dans la poitrine.

— Si tu touches à un seul poil de l'un de ses animaux, ou à un seul cheveu d'Anna elle-même, et laisse-moi ajouter son cœur à cette liste, tu auras des comptes à me rendre !

Elle le regarda fixement, presque les yeux dans les yeux.

Derrière elle, Merk lança :

— Doucement, Katina !

Sans quitter des yeux l'homme interloqué qui se trouvait devant elle, elle recula d'un pas et tendit la main. Anna la saisit immédiatement. Katina enlaça son amie et lui dit :

— Viens à l'intérieur ! Nous n'avons pas besoin de rester près de lui.

Anna lança un regard à Merk qui leva les mains et lança :

— Ce n'était pas moi.

Anna releva également la tête en signe de défi. Alors que les deux amies entraient, Anna chuchota, la voix assez forte pour porter vers l'arrière :

— C'est Merk ?

Katina acquiesça.

— Eh bien, maintenant je comprends.

FLYNN ÉTAIT EN état de choc. Il n'était rentré chez lui que plus tôt ce matin, après un travail rapide que Levi lui avait confié. Il avait hâte de voir Anna dès qu'il en aurait eu le temps.

Cependant, ce n'était pas ce retour-là à la maison qu'il avait imaginé.

Peu de choses dans la vie pouvaient le faire taire. Les larmes d'une femme le faisaient se répandre en excuses, mais la colère – cette attaque injustifiée et non provoquée tout à l'heure par Anna – eh bien… il n'avait pas la moindre idée de la manière dont il fallait y réagir.

Les autres hommes l'entourèrent.

— Flynn, qu'est-ce que c'était que ça ? demanda Levi.

Son ton était dur et sans concession.

Flynn regarda Levi et dit :

—Bon sang, je n'en sais rien !

— Même si ce couteau a été utilisé sur cet animal, nous savons que ce n'est pas toi qui l'as fait. Mais, pour info, pourrais-tu nous en dire plus ? demanda Merk.

—Je n'ai jamais fait de mal intentionnellement à un animal, dit Flynn en secouant la tête, perplexe. Oui, c'est ma veste. Et oui, c'est mon couteau. Mais je pensais l'avoir perdu chez elle.

Stone s'appuya contre la porte du garage.

— Elle a déjà dit qu'elle avait appelé la police une fois. Je suppose donc qu'elle a trouvé ta veste avec le couteau dans la poche par la suite.

— C'est vrai, mais je n'ai pas étouffé de hibou !

Flynn ne pouvait détacher son regard de l'embrasure de la porte par laquelle les femmes avaient disparu. Bien sûr, il avait fait exprès de laisser sa veste chez elle. Mais dans la cuisine. Et *ça,* il pourrait l'expliquer, si jamais il en avait l'occasion. Mais il n'avait vraiment pas envie de le faire devant tous les gars. Pour ce qui était de sa vie personnelle et professionnelle – bien que les limites se soient souvent brouillées dans son cas –, il préférait les garder aussi éloignées que possible. D'autant plus que la première ne prenait pas exactement la direction qu'il souhaitait et qu'elle ne la prendrait peut-être jamais.

Il se passa les mains dans les cheveux et se frotta le visage.

— Quand elle se sera un peu calmée, je lui parlerai.

— Quand ce sera le cas, nous le ferons *tous*, déclara Levi. Elle a rendu l'affaire publique et a porté des accusations. Nous devons aller au fond des choses.

Flynn regarda Levi et acquiesça.

— Faisons ça.

En son for intérieur, son cœur se serrait. Bon sang, il voulait vraiment faire partie de cette unité. Il n'avait pas besoin de ça. Mais c'était tellement typique, il suffisait qu'il avance enfin dans la vie pour que quelque chose explose et, littéralement, le frappe en pleine figure.

— Je n'ai aucune idée de ce dont elle parle, mais je n'ai rien à voir avec le meurtre d'un animal.

Stone lui donna un coup de poing sur l'épaule.

— On sait. Il faut juste la convaincre.

À quelques pas de là, Merk lâcha :

— Vous oubliez aussi un point très important. Non seulement quelqu'un a eu accès à sa maison pour mettre le couteau dans la poche de ta veste, mais il y a de fortes chances qu'il ait su exactement ce qui se passerait entre vous deux en agissant de la sorte. Tu dois donc te demander qui te déteste suffisamment pour te faire subir ça.

Flynn le regarda avec stupeur.

— Personne. Je me suis fait beaucoup d'ennemis dans l'armée. Bon sang... Il regarda tout le monde, les bras écartés : On s'en est tous fait ! Mais rien à ce niveau. C'est... Il secoua la tête : Je ne ferais jamais de mal à un animal.

— Ce qui s'est passé te touche donc à l'un des niveaux les plus douloureux qui soient, conclut Stone. Intéressant.

Le cœur serré, Flynn savait qu'il devrait s'excuser, convaincre Anna qu'il n'avait rien à voir avec tout cela, et ensuite aller au fond des choses. Ces types avaient raison – quelqu'un voulait lui mettre ça sur le dos.

— J'ai besoin que ce soit réglé rapidement, déclara Levi. Nous avons trois missions à accomplir.

Ils étaient en train de mettre en place toutes les équipes pour agir.

— Avec tout ce qui te tombe dessus, Flynn, tu dois rester dans la région.

— Oh, bien sûr. J'étais tellement prêt à partir pour un autre job !

Levi acquiesça.

— J'ai compris. Tout dépend de ce qu'on découvre. Il fit un signe de tête vers l'intérieur de la maison : Le plus tôt sera le mieux. Es-tu prêt ?

Flynn avait l'impression d'être conduit à l'abattoir. Il prit une profonde inspiration.

— Bon sang, oui. Je suppose que je n'aurais pas dû laisser ma veste là-bas.

— Dans sa cuisine, je crois que nous l'avons entendue dire, déclara Merk, un sourcil levé.

— Ce n'est pas moi qui l'y ai mise, dit Flynn, une main levée comme s'il jurait devant Dieu. J'ai eu beau essayer, je n'ai jamais réussi à l'amener là-bas. Mais il y a une ordure qui traîne dans les parages. Il essaie d'entamer une relation avec elle, alors qu'elle lui a toujours dit non. Il ne l'écoute pas. Il m'a vu dans le coin quelques fois. Je me suis dit que, si je laissais ma veste quelque part, dans sa *cuisine* par exemple, il croirait qu'il se passe quelque chose entre nous et qu'il sortirait de sa vie. Honnêtement, ce type est dérangé.

— Assez pour tuer un hibou et te le mettre sur le dos ? demanda Stone en se tournant vers lui.

Flynn fronça les sourcils.

— Peut-être. Mais je suppose qu'il aimait aussi les animaux. Il leur parlait toujours.

Flynn fixa à nouveau l'entrée. Il aimait beaucoup les animaux. Il avait apprécié d'aider Anna chez elle. Les quelques semaines qu'il avait passées là-bas avaient été un travail facile, qui lui avait permis de s'adonner à son amour des animaux de toutes sortes. L'idée que quelqu'un puisse entrer dans sa propriété et tuer ne serait-ce qu'un hibou lui brisait le cœur. Le fait que la lettre ait été laissée sur le pas de sa porte était troublant. Menaçante, elle indiquait que le tueur pouvait atteindre un animal à tout moment, ainsi qu'Anna. Flynn ne serait pas en paix tant qu'il n'aurait pas résolu ce problème, autant pour elle que pour lui. La dernière chose qu'il souhaitait, c'était de commencer sa carrière chez Legendary Security avec un historique entaché.

Il savait que Katina et Anna étaient les meilleures amies du monde depuis longtemps. Il ne voulait pas que quoi ce soit se mette en travers de leur relation. Mais il avait de grands espoirs pour Anna elle-même. Il avait rencontré très peu de femmes qui lui tenaient tête et qui faisaient vibrer ses émotions comme elle le faisait. Leur relation comportait bien d'autres aspects qu'il commençait à peine à comprendre. Il avait bien essayé de la prendre dans ses bras et prévoyait toujours de le faire dans un avenir proche, mais il s'était rendu compte qu'elle n'était pas le genre de femme d'un soir ni facile à vivre. Et c'était une bonne chose, car il ne l'était pas non plus, mais cela signifiait qu'il devait ralentir.

C'était le genre de femme que l'on ramenait chez ses parents et que l'on épousait pour la vie.

Cela l'avait fait reculer suffisamment pour reconsidérer ses propres projets à long terme.

Lorsque Levi lui avait proposé un second emploi temporaire, Flynn avait sauté sur l'occasion, pensant que la distance l'aiderait à relativiser sa relation avec Anna. Le seul problème, c'était qu'après être parti quatre jours, il était de retour chez lui ce matin et la trouvait de nouveau dans sa vie. Et d'après ce qu'il pouvait voir – dans son cœur – elle s'y était presque installée définitivement.

Dommage qu'elle ne semble pas vouloir y passer du temps, comme elle venait de le prouver.

Non, il était mieux seul. Bon sang ! Même si elle était un peu instable, il l'avait d'autant plus appréciée.

Chapitre 2

ELLE S'ASSIT DANS l'immense cuisine à côté de Katina, une tasse de café chaud dans les mains. Elle sentait sa rage et sa douleur s'estomper. Elle avait besoin de se défouler. Sur quelqu'un. Elle espérait avoir choisi la bonne personne. Elle pensait son attitude parfaitement justifiée par l'incident avec la veste. Seulement, elle ne savait pas avec certitude s'il avait tué le hibou. Si c'était le cas, qu'est-ce qui l'empêcherait d'attaquer ses autres animaux ? Cette menace inhérente l'effrayait. Ces animaux ne méritaient pas ce sort. Pourquoi quelqu'un les tuerait-il sans ménagement ? Elle frémit.

Katina passa un bras autour de ses épaules et la serra à nouveau dans ses bras.

— Ça va aller. Vas-y doucement !

Anna leva des yeux pleins de larmes vers son amie et lui dit :

— Pourquoi ferait-on du mal à un animal ?

Katina grimaça.

— Nous savons que beaucoup de gens diraient que ce n'était qu'un hibou, mais c'était si horrible…

Elle déglutit avec peine.

— Complètement éviscéré. En fait, il n'y a ni logique ni raison.

— Souvent, nous ne pouvons rien faire d'autre qu'attraper les ordures qui ont fait ça et les mettre en prison.

Anna avait essayé de trouver de bons foyers pour les animaux de son refuge, mais en attendant, c'est elle qui s'occupait d'eux. Voilà peut-être pourquoi elle se sentait si mal. Et si ce type revenait ? Elle n'avait jamais pensé que Flynn était le coupable, mais elle avait perdu la tête quand elle avait trouvé le couteau ensanglanté. La culpabilité la rongeait. Elle était à nouveau seule depuis que Flynn était parti, pour de bon, un peu plus d'une semaine auparavant.

Il n'avait pas fallu longtemps pour que la réalité s'impose à elle. Il avait été d'une aide précieuse pour rattraper le retard accumulé, et il avait également maintenu une présence régulière sur place. Une présence qui la rendait heureuse. De plus, des bras supplémentaires avaient permis d'accélérer le travail. Sans lui, toutes les tâches lui incombaient à nouveau. Elle s'était habituée à son aide. Elle ne dormait pas bien la nuit non plus. Elle avait cru qu'il y avait un intrus la nuit précédente, mais elle s'était ensuite rendu compte que c'était probablement juste ses nerfs. Maintenant, elle devait repenser à tout cela.

Mais elle n'avait pas appelé les flics la veille. Elle n'avait rien fait parce qu'elle n'avait rien de concret à leur dire. Mais elle avait appelé ce matin à propos du hibou éviscéré. La police était venue, avait pris des notes et des photos. Elle avait fait une déclaration et ils étaient partis. Elle ne savait pas s'ils en avaient grand-chose à faire. Après tout, ce *n'était qu*'un hibou.

S'apitoyant sur son sort, elle avait pleuré dans sa chambre, et ce n'était qu'à ce moment-là qu'elle s'était rendu compte que la veste de Flynn était sur sa chaise. Elle n'y était avant. Elle était accrochée au dos de la porte, et elle avait souri quand elle l'avait vue pour la première fois – juste après qu'il l'avait quittée, son travail terminé – sachant qu'il reviendrait la chercher. Mais elle ne souriait plus maintenant. Elle ne savait même pas comment il s'était retrouvé dans sa chambre, car il était parti depuis plus d'une semaine et n'avait certainement pas passé la moindre nuit avec elle. Mais c'était bien la sienne. Et quand elle l'avait ramassée, le couteau était tombé de la poche. Un couteau avec du sang séché.

Aujourd'hui encore, elle ne s'expliquait pas pourquoi elle n'avait pas rappelé la police tout de suite. Au lieu de cela, elle s'était précipitée vers le complexe. Et maintenant qu'elle avait les idées claires, quelque chose d'encore plus horrible la prenait à la gorge. Si ce couteau avait été utilisé pour tuer le hibou, alors cet enfoiré était entré chez elle, dans sa chambre. Et c'est lui qui avait posé la veste sur la chaise de sa chambre.

Mon Dieu, était-il entré pendant qu'elle dormait ?

— Penses-tu que la personne qui a tué cet oiseau était à l'intérieur de ta maison ?

Anna fixa Katina.

— Il aurait dû parce que j'ai trouvé ce couteau dans la poche de Flynn, et la veste était dans ma chambre. Elle saisit fermement la main de Katina : Je ne sais pas s'il est rentré quand j'y étais.

Elle se remémora la journée de la veille.

— Les chiens allaient bien hier soir quand je les ai promenés à huit heures, et quand je me suis couchée à onze heures, il n'y avait rien d'anormal, aucun signe de perturbation. Mais entre ce moment-là et six heures ce matin, le hibou a été tué, mais les chiens n'ont pas fait de bruit. Elle frissonna : Je ne peux pas supporter l'idée que quelqu'un puisse faire du mal à mes animaux !

Elle leva sa tasse de café et en but une gorgée, reniflant ses larmes. Lorsqu'elle entendit des bruits indiquant que les hommes étaient en train d'entrer, elle se raidit et serra la tasse un peu plus fort.

Katina serra ses doigts dans les siens.

— Ne t'inquiète pas pour les gars !

Anna lança un regard à son amie.

— Comment serait-ce possible ? Elle secoua la tête : Je n'étais pas vraiment une femme calme et rationnelle quand je suis arrivée ici.

— Et tu avais de bonnes raisons d'être contrariée.

Alfred s'approcha à ce moment-là et posa une assiette de tartes devant les deux femmes. Katina fut surprise.

— Alfred, cela a l'air absolument délicieux !

— Quand la vie nous déprime, nous avons tous parfois besoin d'une friandise.

Il disparut avec un sourire tranquille.

Anna le regarda partir.

— Comment se fait-il que tous les hommes décents soient dans cette tranche d'âge là ?

— Dans le cas d'Alfred, je sauterais bien le pas, dit Katina en riant. Si Merk n'était pas là.

Anna jeta un regard en coin à son amie.

— Vous allez vous remarier ?

— C'est fort possible. Il ne me l'a pas demandé officiellement. Après, il faudrait que je réponde officiellement et nous ferions alors des projets officiellement. Elle haussa les épaules : Nous n'en sommes pas encore là.

— Je suis vraiment heureuse pour vous. Il est évident que vous étiez destinés à vous retrouver.

— J'aimerais ne pas avoir eu à être kidnappée ni torturée comme je l'ai été pour que cela se produise.

— Mais tu as fait ce qui était juste, et c'est ce qui compte.

Les deux femmes se sourirent mutuellement. Elles étaient amies depuis longtemps. Elles avaient une sacrée idée de la dureté du monde. Surtout pour deux femmes seules. La mère d'Anna était vivante – si c'était ainsi que l'on appelait quelqu'un qui avait passé sa vie en prison. Elles s'étaient séparées quand Anna avait seize ans. Elle avait eu une éducation très dure, ce qui expliquait peut-être en partie pourquoi elle s'emportait parfois. L'une des choses qui la mettaient le plus hors d'elle était l'injustice. Elle était toujours là pour les opprimés. C'était ainsi qu'elle s'était attiré tant d'ennuis.

Et c'était pourquoi elle avait aidé le monde animal.

Le refuge était un emploi à temps plein à tous points de vue, à l'exception des revenus. Elle cherchait constamment des moyens d'augmenter les dons et avait accepté d'autres petits boulots pour aider. Pourtant, il était difficile de faire rentrer de l'argent. Elle travaillait comme promeneuse de chiens et faisait un certain nombre d'autres courses pour payer les factures, mais chaque mois, il semblait y avoir un manque à gagner. Quelques entreprises lui avaient fait don d'une grande partie de la nourriture pour chiens et chats. Mais les factures des vétérinaires devenaient de plus en plus lourdes. Elle s'était demandé si elle n'allait pas faire des études pour devenir vétérinaire elle-même afin de pouvoir s'occuper des animaux.

Les hommes arrivèrent et prirent place de part et d'autre de la grande table. Anna jeta un coup d'œil à Katina, qui souriait à tout le monde. Anna n'avait pas vraiment eu l'occasion de les dévisager, à part Flynn. Maintenant, elle se sentait vraiment mal parce que Levi avait envoyé Flynn pour la surveiller quand Katina était devenue une cible. Et au lieu de le remercier d'avoir veillé sur elle, elle s'était emportée contre Flynn.

Toujours désireuse d'assumer ses erreurs, elle se redressa et chuchota à Katina :

— Lequel est Levi ?

Katina la regarda avec surprise, puis, comme si elle avait compris qu'Anna ne connaissait aucun des hommes, elle se mit à faire les présentations. L'un après l'autre, chacun à l'appel de son nom, ils la saluèrent d'un signe de tête.

Elle se rendit compte qu'ils la regardaient tous un peu bizarrement.

— Je suis désolée pour cette entrée en matière explosive, dit-elle. En me réveillant, j'ai trouvé le hibou éventré sur le pas de ma porte et le couteau de Flynn dans la poche de sa veste dans ma chambre, ce qui semble m'avoir fait exploser. D'habitude, je ne suis pas aussi instable, mais je me soucie beaucoup des animaux, et c'est vraiment déconcertant de penser que l'enfoiré qui a fait ça, expliqua-t-elle sans pouvoir s'empêcher de jeter un coup d'œil à Flynn, n'était pas seulement dans ma maison, mais aussi dans ma chambre.

Plusieurs hommes se redressèrent, comme s'ils n'avaient pas encore fait le lien. Et bien sûr, pourquoi l'auraient-ils fait ? Elle ne leur avait pas donné toutes les informations. Elle se tourna vers l'homme que Katina avait présenté comme étant Levi. Il l'étudiait avec une expression différente, mais ne semblait pas fâché, bien que d'après son regard, elle ne sache pas exactement ce qu'il ressentait.

Elle s'empressa de dire :

— Je n'ai jamais eu l'occasion de vous remercier d'avoir permis à Flynn de s'occuper de moi et des miens pendant que Katina avait des ennuis.

— Et pourtant, dès que nous enlevons Flynn, il vous arrive quelque chose ?

Elle secoua la tête.

— Pas tout à fait. Il est parti il y a quoi ? Sept ou huit jours ? Il est repassé une fois, mais c'est arrivé la nuit dernière.

Le silence régnait et les deux hommes se regardèrent. Levi acquiesça.

— Mais si quelqu'un avait surveillé l'endroit, il aurait su que tu n'étais plus là. Alors si tu étais hors du coup, pourquoi mettre le couteau dans ta poche pour te remettre fermement en cause ?

Le silence se fit.

L'un des autres hommes, un grand costaud, se pencha sur la table et demanda à Anna :

— Avez-vous parlé du couteau à la police ?

Elle secoua la tête.

— Non. Ils sont venus ce matin et sont restés peu de temps. Quand ils sont partis, je suis allée dans ma chambre et c'est là que j'ai vu la veste.

— Et vous ne les avez pas rappelés ?

Elle secoua la tête.

— Non, mais j'aurais dû. Pour une raison ou une autre, j'ai préféré courir jusqu'ici.

Elle fit une drôle de tête.

— Comme je l'ai dit, je n'ai pas l'habitude de m'emporter comme ça.

Un grognement étrange sortit de la bouche de Flynn. Elle lui lança un regard noir.

— Bien que certaines personnes semblent me piquer au vif un peu plus que la plupart des autres.

L'un des hommes de l'autre côté de la table – elle pensait qu'il s'appelait Rhodes –, prit alors la parole.

— Flynn est comme ça. Il fait cet effet à plein de monde,

croyez-moi !

— Hé, ce n'est pas juste ! riposta Flynn posant ses mains sur la table. Je n'ai rien fait.

— Mais quelqu'un s'est donné beaucoup de mal pour faire croire que si, déclara Levi. Nous devons savoir pourquoi. Et si c'est lié à quelque chose d'autre.

— À autre chose ? demanda Flynn. Que veux-tu dire ?

— Tu t'occupais d'Anna à cause de l'affaire de l'enlèvement de Katina. Il est possible que la personne qui te met en cause aujourd'hui fasse partie de cette affaire d'une manière ou d'une autre.

Katina se redressa à côté d'Anna.

— Oh, s'il te plaît, ne dis pas ça ! J'étais persuadée qu'on avait tout le monde.

— Et compte tenu de la période, il y a de fortes chances que ce soit le cas. Cependant, cela ne veut pas dire que ce n'est pas lié à quelque chose d'autre. Non seulement Flynn est parti de chez vous, mais il a aussi rencontré Logan.

Levi se retourna pour fixer un autre homme, adossé au mur de la cuisine, un homme qu'Anna n'avait jamais vu auparavant.

— Logan a été associé à plusieurs de nos affaires, il est donc possible qu'Anna et son refuge aient été pris dans les vents contraires de quelque chose de plus grand, de plus grave et de plus laid.

Levi se tourna vers Anna.

Elle lui adressa un petit sourire. Elle ne pensait qu'une chose, c'était « *Mince !* ». Elle ne connaissait pas cet homme, mais il semblait la regarder, l'étudier, comme s'il savait quelque chose qu'elle ignorait. C'était un sentiment intimidant.

Alors qu'elle s'apprêtait à demander nerveusement à Levi

ce qui se passait, l'une des femmes les plus belles qu'elle ait jamais vues entra dans la pièce. Levi s'illumina. La nouvelle venue s'assit à côté de lui, sourit à Anna et lui dit :

— Bonjour, je m'appelle Ice.

— Bonjour, ravie de vous rencontrer !

De toute évidence, Ice et Levi étaient partenaires. Il y avait quelque chose dans leur façon de se tenir côte à côte, sans compter qu'ils étaient parfaitement assortis, comme un couple soudé. Fascinée, Anna observa leur conversation à voix basse, presque codée, car ils finissaient les phrases l'un de l'autre.

Enfin, Levi se tourna vers Anna.

— Même si nous détestons fouiller dans votre vie privée, nous devons vous poser quelques questions.

Elle se redressa et fronça les sourcils.

— Qu'est-ce que ça a à voir avec ça ?

— Y a-t-il quelqu'un qui vous haïsse suffisamment pour faire une chose pareille ? Des voisins qui détestent le fait que vous ayez un refuge et qui voudraient peut-être le faire fermer ? Connaissez-vous quelqu'un qui en voudrait suffisamment à Flynn d'être dans votre vie pour trouver là un moyen de vous détourner de lui ?

Sa mâchoire se décrocha. Lentement, elle se ressaisit. Elle réfléchit aux questions pendant quelques instants.

— Je n'ai jamais entendu de plaintes officielles, mais je sais que plusieurs de mes voisins n'étaient pas très satisfaits de mon refuge pour animaux. J'ai un grand terrain à la périphérie de la ville, et la plupart des propriétés qui s'y trouvent sont presque aussi grandes, donc il y a de la distance entre nous. Il y a beaucoup de va-et-vient sur mon terrain, mais il serait difficile pour mes voisins d'avoir des raisons de se plaindre, puisqu'il n'y a pas de circulation régulière. Je ne pense pas que l'on se rende vraiment compte de qui peut nous haïr ou simplement ne pas nous apprécier. Pour autant que je sache, personne ne m'en veut. Je n'ai pas eu de rupture majeure, je n'ai envoyé personne en prison et je ne me suis pas disputé avec qui que ce soit à ce point. Cela ne doit donc pas être le problème. Quant à ceux qui seraient fâchés de la présence de Flynn, il est logique que j'aie quelqu'un pour m'aider. C'est déjà arrivé par le passé. Flynn n'était là que pour quelques semaines.

Elle fronça les sourcils en regardant Levi.

— Je ne suis pas sûre de comprendre où vous voulez en venir.

De l'autre côté de la table, Flynn précisa :

— Levi pose des questions sur d'anciens petits amis qui pourraient penser que je suis quelqu'un avec qui tu sors.

Elle lui adressa un froncement de sourcils.

— Comme tu le sais, je n'ai pas de petit ami, donc ce n'est pas un problème.

— Et Jonas ?

— Et alors quoi ?! s'emporta-t-elle. Nous ne nous sommes rencontrés qu'une fois pour prendre un café au centre commercial, puis il a commencé à traîner dans le coin parce qu'il se sentait seul. Je ne pense pas qu'il ait beaucoup d'amis, mais nous n'avons pas eu de relation.

— Il n'accepte pas ton refus, lui rappela Flynn. J'ai dû le chasser, ce jour-là, tu te souviens ?

Elle le fixa un instant, puis son trouble se dissipa.

— Bien sûr, mais ce n'était qu'une fois. Il essayait juste de me voir. Tu sais qu'il vient de temps en temps. Je me suis dit qu'il était inoffensif. Quelle que soit ton humeur, tu ne voulais pas le laisser entrer.

— Eh bien, c'est peut-être parce qu'il planait. Il était

complètement défoncé et n'aurait pas dû être là.

Elle haussa les épaules.

— Ce n'est pas inhabituel apparemment. Il est comme ça la plupart du temps depuis qu'il est revenu.

— Il était également très en colère de me voir là.

— Eh bien, tu étais chez moi.

Le silence s'installa.

Elle s'affaissa sur sa chaise.

— Il était contrarié parce qu'il t'a vu chez moi et a pensé que tu étais mon nouveau petit ami. Elle regarda les hommes autour de la table : Alors maintenant vous considérez tous que c'est Jonas qui a tué le hibou, et placé un couteau dans la poche de la veste de Flynn pour l'incriminer, pour que je sois en colère contre lui ? Elle regarda tous les visages et ajouta : Oui, bien sûr. Mais ça ne marcherait pas car je sais qui est Flynn à l'intérieur.

Elle laissa tomber sa tête dans ses mains.

— Si je n'avais pas été aussi bouleversée et effrayée, je n'aurais pas dit ce que j'ai dit.

D'un air morose, elle fixa Flynn.

— Pour info, je ne crois pas que tu aies quoi que ce soit à voir avec le meurtre de ce hibou. Je t'ai vu travailler avec mes animaux. Tu n'es tout simplement pas ce genre d'homme. Elle regarda la table : Maintenant, j'ai l'impression d'être une idiote.

Katina, toujours assise à côté d'elle, prit la parole :

— Non, c'était la peur. Et tu as bien fait de venir ici. Tu es venue pour obtenir de l'aide. Celui ou ceux qui ont voulu piéger Flynn ont obtenu la réaction inverse de celle qu'ils attendaient. Ce qui est bien, c'est qu'ils n'en savent rien.

Anna se tourna vers Katina et fronça les sourcils.

— Je ne comprends pas.

— Ils auraient pu penser que tu viendrais ici pour rompre avec Flynn. Mais au lieu de cela, tu es venue pour être en sécurité et obtenir de l'aide. Donc, au lieu de rompre avec Flynn, tout ce que tu as fait, c'est attirer son attention pour qu'il t'aide à résoudre ce problème. Katina sourit : La réaction opposée. Mais c'est quand même la bonne chose à faire.

Se sentant stupide et souhaitant partir tout de suite, Anna murmura :

— Je n'ai pas cette impression.

Ce fut alors qu'Alfred arriva avec des plateaux de gros sandwichs et de wraps coupés en jolis petits morceaux.

Anna se leva précipitamment et repoussa sa chaise.

— Je suis vraiment désolée. Je ne voulais pas m'immiscer dans votre déjeuner.

Katina se leva à côté d'elle.

— Ne t'inquiète pas ! Tu es la bienvenue ici.

— Non, ce n'est pas nécessaire.

Les deux se disputèrent jusqu'à ce que Flynn se lève et rugisse :

— Assieds-toi !

Le silence retomba. Une fois de plus.

Anna lui lança un regard noir.

— Tu n'es pas chez moi en mission pour Levi, alors tu n'as plus le droit de me donner des ordres.

D'une voix grave et mortelle, il se pencha au-dessus de la table, ses grandes mains posées à plat sur la surface, et dit d'une voix cinglante :

— Assieds-toi, bon sang, ou je viens te forcer à le faire !

— Ne t'avise pas de me menacer ! grogna-t-elle à son tour, s'appuyant sur la table, les mains près des siennes, et approchant son visage du sien. Essaie seulement !

Puis elle l'entendit. Un ricanement. Puis un rire étouffé. Et soudain, tout le groupe à la table éclata de rire.

Mortifiée, elle se rassit et enfouit son visage dans l'épaule de Katina. Des bras l'enlacèrent et elle se rendit compte que sa meilleure amie riait elle aussi.

La journée s'annonçait bien.

ALORS QUE LES rires fusaient, Flynn s'assit dans un mouvement brusque. Parfait si lui et Anna avaient fourni un divertissement à l'équipe. Ce n'était pas vraiment la façon dont il voulait les présenter à elle. Elle était vraiment spéciale. Il avait espéré qu'une pause entre eux la rendrait moins spéciale à ses yeux. Les nouvelles attractions sont toujours mortelles. Il voulait s'éloigner un peu pour s'assurer que leur relation était assez prometteuse pour être poursuivie.

Ses accusations l'avaient stupéfié. Les excuses qu'elle venait de présenter étaient à peine moins surprenantes. Il plongea son regard dans sa tasse de café, se demandant combien de temps il faudrait pour que l'hilarité se calme.

Lorsque les rires se turent enfin, Levi prit la parole.

— La première chose à faire est de remettre le couteau à la police. Il devrait être assez simple de l'analyser pour déterminer s'il a été utilisé.

Logan, assis en face de Katina à la table, dit à Levi :

— On peut analyser ça ici, tu sais.

Levi tourna la tête vers Logan.

— Il est très simple de déterminer certaines choses concernant le sang, déclara Logan. Mais notre échantillon doit être petit pour que la police puisse avoir le reste pour les tests qu'elle doit effectuer. Il fit un signe de tête en direction d'Anna : Si vous voulez venir avec moi après le déjeuner, nous pourrons voir ce que notre kit d'analyse peut trouver.

— Merci, dit-elle d'un ton neutre.

Flynn étudia la tête baissée de la jeune femme. La matinée avait été difficile pour elle. Il ne pouvait imaginer le choc qu'elle avait subi en trouvant le couteau ensanglanté dans la poche de sa veste. Il savait que c'était le sien, tout comme il savait qu'il l'avait perdu ; par conséquent, ce n'était pas lui qui l'avait ensanglanté. Pas la dernière fois en tout cas. Il y avait peut-être des traces sur la lame, mais elles pouvaient être humaines, et il s'agirait d'un échantillon dégradé – quelque chose qui datait d'il y a longtemps, au cours d'une des missions les plus horribles à laquelle il avait participé au Moyen-Orient. Il avait nettoyé son couteau, mais les meilleurs laboratoires pouvaient toujours trouver des traces – et ils trouveraient quelque chose.

Pourtant, c'était gênant. Il détestait l'imaginer seule dans cet endroit, avec un fou qui se promenait en tuant des animaux. De là à tuer des humains, il n'y avait qu'un pas, qu'il ne connaissait que trop bien. Il n'y a rien de tel que d'être dans l'armée – en particulier pour des missions en Afghanistan et en Irak – pour ébranler sa foi en l'humanité.

Les atrocités qu'il y avait vues étaient choquantes. Il n'avait rien contre le fait de tuer des animaux pour la nourriture, mais il détestait les voir affamés, maltraités, blessés ou manipulés. C'était l'une des raisons pour lesquelles il avait été si heureux d'aider Anna. Cela lui permettait de renouer avec le monde animal qui lui avait tant manqué.

Et il lui en était reconnaissant.

Stone, qui était resté silencieux jusqu'à présent, demanda :

— Y a-t-il une chance que l'homme qui a fait ça soit l'ancien propriétaire, le voisin actuel ?

Anna fronça les sourcils.

— C'est possible, mais je ne vois pas pourquoi ils réagiraient maintenant.

— Mais c'est une piste, dit Flynn. Non pas qu'il ait eu le temps. Il était censé quitter la ville.

Du moins, il l'espérait vraiment, mais d'après Levi, cela n'arriverait pas maintenant.

— Tout d'abord, laissez-moi jeter un coup d'œil au sang sur le couteau. Logan regarda Flynn : Tu l'as toujours ?

Flynn sortit le sac de sa poche et le tendit.

Logan se leva et dit :

— Avec un peu de chance, j'ai cinq minutes pour préparer mes tests avant que vous ne dévoriez tout. Les résultats complets prennent plus de temps.

Il se retourna et disparut par la porte par laquelle ils étaient entrés.

Stone se leva, prit sa tasse de café, la remplit à nouveau au comptoir et suivit Logan.

Flynn regarda plusieurs femmes se lever et aller à la cuisine pour aider Alfred à sortir le reste du déjeuner.

Les autres restèrent assis à la table et parlaient d'ouvrir un laboratoire dans l'enceinte, mais ils avaient besoin de l'argent prévu à cet effet avant de le faire. Les agrandissements étaient coûteux, et toutes sortes d'équipements étaient nécessaires. Apparemment, la création d'une morgue était rapidement devenue un sujet d'actualité. D'après ce qu'il avait entendu sur les attaques subies par le complexe jusqu'à présent, il admettait que c'était un besoin. Cependant, un grand congélateur serait une meilleure option.

Après le déjeuner, plusieurs personnes retournèrent à leurs occupations interrompues plus tôt.

La pièce était vaste et plus d'une douzaine de personnes y

entraient et en sortaient régulièrement. Il était l'un des collaborateurs les plus récents et cherchait encore sa place. L'arrivée d'Anna ce matin n'avait fait qu'ajouter à ses problèmes. Mais c'était elle qui le préoccupait le plus.

Katina était toujours assise très près d'Anna, leurs têtes penchées l'une contre l'autre pendant qu'elles parlaient. Il se demandait ce que c'était que d'avoir une telle amie.

Les gars avaient des copains. Ils chassaient, réparaient des voitures et faisaient des barbecues ensemble, une caisse de bière ouverte à côté d'eux, en parlant de tout, mais rien de personnel. Ces deux femmes partageaient un lien si particulier ! Et il se demandait comment cela fonctionnait pour elles.

Il se leva, remplit à nouveau sa tasse de café et s'assit en face d'Anna. Lorsqu'il remarqua que la sienne était vide, il grimaça, se leva à nouveau et la remplit pour elle.

Elle leva les yeux vers lui.

— Merci.

— Détends-toi ! dit-il. Nous allons aller au fond des choses.

Logan revint, le visage sombre et la voix dure.

— Je t'ai entendu. Il secoua la tête ; Mais c'est bien plus grave qu'on ne croyait.

Levi arriva de la cuisine.

— Qu'as-tu trouvé ?

— Le sang dans le sac et sur le couteau n'est pas animal. C'est du sang humain.

Anna sursauta, sa main couvrant sa bouche.

Il brandit le sac contenant le couteau pour que tout le monde puisse le voir.

— Et il en est couvert d'un bout à l'autre.

L'estomac de Flynn se noua. Il se tourna vers les traits pâles d'Anna.

Logan poursuivit :

— Je suppose que vous n'avez pas trouvé de cadavre – autre que le hibou – sur votre propriété, n'est-ce pas ?

Elle secoua la tête en répondant :

— Non.

— As-tu au moins regardé ? demanda Flynn.

— Pourquoi l'aurais-je fait ? s'écria-t-elle. J'ai trouvé le hibou et j'étais tellement bouleversée qu'il ne m'est pas venu à l'esprit de continuer à chercher. Et puis j'ai trouvé le couteau dans la veste. J'ai évidemment supposé que tu l'avais utilisé sur ce pauvre oiseau.

Flynn se tourna vers Levi.

— Il est plus que temps d'appeler les flics.

Levi acquiesça.

— Vous devrez l'emmener au poste et remettre là-bas le couteau et la veste.

Il acquiesça en se levant et en regardant Anna.

— Tu es prête ?

— Pour quoi faire ?

— Je t'emmène chez les flics de Houston. Il jeta un coup d'œil aux autres : Ensuite, je retournerai chez elle pour voir si on peut trouver un corps.

Elle poussa un cri rauque.

— Tu veux de la compagnie ? demanda Logan. Je n'ai rien de mieux à faire aujourd'hui, et j'aimerais voir comment ça se passe.

Flynn acquiesça.

Logan et lui étaient amis depuis longtemps. Il ne serait pas contre le fait qu'il vienne avec lui. Quelque chose clochait sérieusement, et il savait mieux que quiconque combien il était important d'avoir quelqu'un en qui il avait confiance pour surveiller ses arrières.

Chapitre 3

ANNA SE BLOTTIT dans sa veste. Elle était heureuse d'avoir pensé à en prendre une. Elle n'arrivait pas à croire à la tournure soudaine des événements, et n'avait vraiment pas envie de se rendre au poste de police. Et puis, rentrer chez elle avec Flynn d'un côté et Logan de l'autre, c'était tout le contraire de ce qu'elle pensait qu'il se passerait ce matin-là.

Découvrir que le couteau était couvert de sang humain changeait tout. Elle repensa à ce qu'elle avait entendu la veille au soir et à tout ce qu'elle avait vu ce matin-là, mais rien n'indiquait qu'un humain blessé se trouvait dans les parages. Elle n'arrivait pas à y croire.

Ils firent le voyage dans le silence le plus complet. À l'entrée de la ville, Flynn se tourna vers Logan et lui demanda :

— Et si on changeait de plan ? Nous devrions d'abord aller chez elle, nous assurer qu'il n'y a rien d'autre à trouver, puis faire un rapport à la police.

— Bonne idée, répliqua Logan. Nous aurions l'air assez stupides si nous prenions un couteau, puis allions chez elle et trouvions un corps.

Elle s'enfonça un peu plus dans le siège. La dernière chose qu'elle voulait, c'était trouver d'autres cadavres autour de chez elle. Bien sûr, elle avait un bon système de sécurité.

Mais à quoi cela servait-il quand un intrus pouvait le désactiver, comme celui-ci devait l'avoir fait ? Les coûts de fonctionnement de l'endroit étaient si élevés qu'elle arrivait à peine à s'en sortir. Elle possédait plusieurs hectares dans ce qui avait été la banlieue de Houston, mais la ville s'était développée autour d'elle, augmentant ses impôts et ses charges. Comment pouvait-elle assurer la sécurité de l'ensemble de la propriété ? Cela lui coûterait une petite fortune.

Flynn s'engagea dans l'allée et se gara sur le côté. Coincée au milieu, elle dut attendre que les hommes sortent les premiers. Elle descendit et s'approcha de la porte d'entrée pour la déverrouiller, mais elle s'aperçut qu'elle était entrouverte.

— Mince !

— Mince quoi ? demanda Flynn en s'approchant et, voyant la porte ouverte, la poussa hors de son chemin et sortit une arme de sa poche arrière.

Elle avait presque oublié qu'il en portait une. Bien sûr, c'était le Texas et elle aurait dû y être habituée, mais il y avait quelque chose dans la façon dont il la maniait… C'était un homme qui savait exactement quoi faire avec cette arme. Et qui n'avait pas peur de faire ce qui devait être fait.

Ça ne la laissait pas tranquille avant, mais maintenant c'était carrément réconfortant.

Leurs armes dégainées, les deux hommes entrèrent tranquillement dans la maison.

— Reste ici ! chuchota Flynn.

Elle fit une grimace. Elle n'était pas stupide. Elle les laisserait partir devant, mais il était hors de question qu'ils la retiennent longtemps. Elle était terrifiée à l'idée de ce qui pourrait arriver à ses animaux à l'arrière.

Après leur avoir accordé un long moment, elle jeta un coup d'œil dans le couloir et le salon. Tout semblait normal. Bouleversée comme elle l'était en partant plus tôt, il y avait des chances qu'elle ait oublié de fermer la porte.

Elle entra et suivit les hommes qui fouillaient tout le rez-de-chaussée. Elle haussa les épaules. Rien ne semblait anormal ou déplacé.

— J'ai peut-être oublié de fermer à clé, dit-elle.

Elle se dirigea vers la porte arrière de la cuisine. Elle était fermée, le verrou en place. Elle l'ouvrit et se dirigea vers les animaux dans leur chenil. Le cœur battant, elle parcourut le refuge, vérifia toutes les cages et trouva tout le monde sain et sauf.

Elle se retourna pour faire face aux hommes et réalisa que seul Logan était avec elle.

— Où est Flynn ?

— Il est parti vérifier le reste de la maison.

C'était logique.

— Tous les animaux sont là, sains et saufs.

Elle se dirigea vers l'endroit où les chiens étaient gardés. Elle n'aimait pas les laisser longtemps. Dès qu'elle rentrait chez elle, elle les sortait dans la cour pendant quelques heures pour qu'ils fassent de l'exercice.

Il y avait Jimbo, un gros labrador doré, et Duggy, un croisement pitbull berbère qui avait plus besoin de liberté que les autres. Elle avait aussi deux petits chiens, ce qui était une bénédiction. Elle conduisit rapidement les plus gros à leur enclos, laissant les animaux sortir à l'arrière, et ils sautèrent et jouèrent les uns avec les autres. Elle sourit. C'était l'une des raisons pour lesquelles elle faisait cela, et un moyen de leur trouver un foyer.

Elle prit les chiens restants et les mena à l'un des plus

petits enclos. Elle avait quatre chats en résidence en ce moment. Elle les fit également sortir. Une chose qu'elle aurait normalement dû faire ce matin.

La « maison de jeu » se trouvait dans une pièce séparée où les chats pouvaient dormir pendant la plus grande partie de la journée. Après avoir trouvé le hibou ce matin, elle avait remis tout le monde dans sa cage. C'était peut-être une idée stupide, mais ils pouvaient maintenant retourner dans l'aire de jeu.

Il fallut dix bonnes minutes pour déplacer tout le monde. Plusieurs autres animaux se trouvaient chez elle en ce moment, dont un énorme lapin nommé Bugs. Il vivait à l'extérieur dans un enclos, tant qu'il faisait assez chaud pour lui. Elle alla le voir et le trouva en train de grignoter de l'herbe.

Il restait donc le serpent, dans un terrarium en verre pour l'instant, bien séparé du hamster dans une grande cage sur le côté. Il roupillait dans la sciure de bois. Heureux.

— Bon. Tout le monde ici va bien, se dit-elle.

Elle se tourna vers Logan, qui montait la garde. Elle grimaça.

— Vous jouez vraiment au garde du corps ?

Il la regarda fixement.

— Jusqu'à ce qu'on comprenne ce qui se passe, oui. Vous ne serez pas seule jusque-là. Et ça n'a rien d'un jeu.

Elle acquiesça et le dépassa.

— Je retourne dedans alors.

— Attendez ! Quelle est la part de ce terrain qui vous appartient, et y a-t-il un autre endroit où nous devrions chercher un corps ?

Elle se figea.

— J'ai quatre hectares ici, dit-elle. Vous voulez vérifier

partout ? Restez en dehors de l'enclos des chiens. Ils ne vous connaissent pas. À part ça, faites ce que vous voulez !

Flynn parla derrière elle.

— Et l'entrepôt pour la nourriture ?

Elle se tourna vers lui pour le fixer.

— Et bien ?

— Tu y es entrée ce matin ?

Elle secoua la tête.

— Non, je n'en ai pas eu besoin. J'ai de la nourriture pour chien à l'intérieur.

— Alors Logan restera avec toi dans la maison, et je vérifierai le reste de la propriété.

Il jeta un coup d'œil à Logan, et elle vit qu'ils échangeaient un regard.

Elle leva les mains.

— Très bien, nous irons ensemble. Elle se dirigea vers l'arrière et ouvrit les doubles portes. Je reçois beaucoup de nourriture donnée par des entreprises. J'en garde la plus grande partie dans le hangar.

— C'est fermé à clé ? demanda Logan.

— Oui, répondit-elle. Il faut bien. Je ne peux pas me permettre de perdre quoi que ce soit. C'est déjà assez cher d'entretenir cet endroit.

— Tu as besoin d'une meilleure sécurité ici, dit Flynn derrière elle.

Immédiatement, son dos se raidit.

— C'est ce que tu as dit, plus d'une fois. Elle fit quelques pas vers la remise et ajouta : Comme je l'ai déjà dit, je n'ai pas l'argent pour.

Devant la remise, elle s'arrêta et regarda la serrure cassée.

— Oh, bon sang ! On l'a forcée.

Elle allait défaillir si toute la nourriture avait disparu. Il y avait plus d'un an de réserves là-dedans. Elle ne pourrait pas la remplacer.

On l'attrapa brusquement par les épaules pour la faire reculer de quelques mètres.

— Nous allons entrer. Tu restes à l'écart.

Elle lança un regard fulminant à Flynn, mais il ne regardait pas dans sa direction. Au lieu de cela, Logan et lui communiquaient d'une manière qui n'était que trop facile à comprendre. Pendant qu'elle regardait, Flynn fit un signe de tête à Logan pour qu'il ouvre la porte.

Les tripes serrées par la peur, elle attendit, les bras croisés sur la poitrine, en se mordillant la lèvre inférieure. C'était l'un des endroits les plus faciles et les plus accessibles de la propriété.

Et elle n'avait jamais vraiment envisagé les choses sous cet angle auparavant.

Logan ouvrit la porte et les deux hommes se précipitèrent à l'intérieur, armes à la main.

Quand ce cauchemar prendrait-il fin ? Lorsque Flynn était resté chez elle pour la surveiller, elle n'avait pensé qu'au jour où il partirait enfin. Il avait été énervant à bien des égards. Mais il avait aussi été amusant, apportant beaucoup de rires dans son monde. Quand il était parti, elle n'avait pensé qu'à une excuse pour le revoir.

Mais la journée ne s'était pas déroulée comme elle l'avait espéré. Elle avait été tellement en colère et bouleversée qu'elle n'avait pas pu penser correctement. Maintenant, il était là, venant à son secours une fois de plus, et tout ce qu'elle voulait, c'était qu'il reste.

— Anna ?

Elle revint en sursaut au présent et s'avança de quelques pas pour jeter un coup d'œil dans la pièce obscure.

— Qu'est-ce qu'il y a ?

La voix de Flynn était sombre et dure.

— Nous avons trouvé ce que nous cherchions.

Elle ne pouvait rien voir avec les deux hommes qui se tenaient devant elle. Elle se fraya un chemin entre eux. Le hangar n'était pas très grand. Sur le sol, entre les rayonnages remplis d'aliments pour animaux, gisait un homme abattu.

FLYNN OBSERVA SON visage, lisant le choc des émotions qui l'envahissaient. Elle plaqua ses mains sur sa bouche et ses yeux se remplirent de larmes. Il avait une sensation de gêne dans l'estomac.

— Tu le connaissais ?

Elle leva son regard vers lui.

— Toi aussi.

Il sortit ses clés avec une petite lampe de poche au bout et l'alluma. Il se concentra sur le visage de l'homme.

— Bon sang, c'est Jonas, l'enfoiré qui est toujours après toi. Ce fichu harceleur !

— Quoi ?! dit Logan. Son harceleur est mort sur sa propriété. Et le couteau qui a probablement été utilisé pour le tuer se retrouve dans la poche de ta veste, dans sa chambre. Il secoua la tête : Ce n'est pas bon signe. Quelqu'un te met ce meurtre sur le dos, mon pote. Qui as-tu énervé au point qu'il souhaite t'enfermer pendant vingt ans ?

— Personne ! Je n'ai énervé personne dernièrement. Pas au point de commettre une telle chose, protesta Flynn.

— Sauf moi, marmonna Anna.

Flynn lui jeta un regard acerbe, et elle eut l'élégance de prendre un air honteux.

— D'accord, disons que tu as tendance à prendre les

gens à contre-pied. Mais ce n'est pas une raison pour t'accuser de meurtre. Elle se tourna pour regarder autour de la petite pièce : Ce qui me préoccupe vraiment pour l'instant, c'est quelles sont les autres preuves viennent s'ajouter à cela pour te piéger ?

— Aucune idée. Mais je ne suis pas coupable, alors peu importe ce qu'ils trouveront. Cela signifie juste que je dois me disculper.

Logan dit :

— Hé, mon pote ! Je sais que c'est comme ça que c'est censé fonctionner, mais trop souvent les flics se contentent de regarder les indices superficiels. Ils obtiennent des preuves faciles, et voilà. C'est tout vu. Tu es enfermé comme meurtrier.

Flynn le regarda fixement. Il s'accroupit près du corps.

— On dirait qu'on lui a tiré dessus.

— Sauf que son bras aussi est très abîmé, dit Logan en montrant le sang séché sur la manche du mort.

Flynn échangea un regard dur avec Logan.

— J'ai aussi un vilain soupçon sur le couteau qui a pu causer cette blessure. Cela expliquerait la présence de sang humain dessus.

Logan leva les mains.

— Je sais que tu ne ferais pas une chose pareille. Nous t'aiderons de toutes les manières possibles. C'est truqué. Je le sais. Tu le sais aussi. Mais on doit quand même appeler les flics.

— Je le fais, dit Anna en sortant son téléphone. Il faut que ce soit moi.

Flynn sortit le sien.

— Vas-y ! grogna-t-il à Anna. Moi j'appelle Levi.

Logan brandit son téléphone.

— C'est une bonne idée. J'appelle mon père. Je pense qu'on pourrait avoir besoin de tout le monde dans cette affaire.

Chapitre 4

ANNA REGARDE FIXEMENT l'officier qui se tenait dans sa cuisine.

— Pardon ? Vous venez de dire que je devais partir ? Je n'ai pas d'endroit où emmener les animaux. C'est un refuge. Ils sont ici parce qu'ils ont besoin de quelqu'un pour s'occuper d'eux.

— C'est maintenant une scène de crime. Vous ne pouvez pas rester ici.

— Non, protesta-t-elle. Le hangar est une scène de crime. Cela n'a rien à voir avec le refuge pour animaux ou ma maison.

— Et pourtant, nous pensons que c'est lié à la mort du hibou. Le couteau a été trouvé dans votre chambre, dans la poche d'une veste. Par conséquent, les preuves sont reliées à la maison.

— Vous ne comprenez pas. Je n'ai nulle part où aller. Elle se leva et regarda les animaux par la fenêtre : Et il n'y a pas d'autres refuges pour les accueillir. C'est la raison pour laquelle ils sont ici.

Le policier s'éloigna de quelques pas et sortit son téléphone. Elle ne savait pas qui il appelait et s'en fichait. Il fallait que quelqu'un résolve cette affaire. Combien de temps sa maison resterait-elle une scène de crime ? Une journée devait suffire pour qu'ils obtiennent les preuves dont ils avaient besoin.

S'ils laissaient les animaux, elle pourrait revenir et les nourrir. Elle pourrait peut-être rester quelque part pour la nuit. Elle n'en savait rien. Souvent, la police ne laissait pas les gens rentrer chez eux avant plusieurs jours, voire plusieurs semaines. Cela ne pouvait pas arriver. C'était sa maison. Il y avait sûrement quelque chose à faire.

Jusqu'à présent, Logan et Flynn se tenaient tranquillement à ses côtés. Ils avaient répondu à toutes les questions qu'on leur avait posées, mais n'avaient rien offert de plus. Elle comprenait ce que Flynn ressentait. En ce moment, elle se sentait elle-même sacrément hostile à la police.

Puis elle se souvint que la mère de Jonas était vivante. C'était l'un des trucs avec Jonas, quand il rôdait dans les parages pour se faire remarquer – il parlait. Il parlait beaucoup. Elle savait à quel point cette nouvelle serait difficile à encaisser pour sa mère. Personne ne devrait perdre un enfant. Maintenant qu'il était mort, elle regrettait de ne pas l'avoir traité plus gentiment. Mais il était devenu pénible, un enquiquineur, quelqu'un qui n'acceptait pas qu'on lui dise non.

Mais elle n'avait jamais désiré qu'il meure, juste qu'il s'en aille et la laisse tranquille.

Elle évita délibérément de fixer le regard sur son cadavre, préférant regarder la fenêtre arrière du hangar. Elle ne pouvait s'empêcher de craindre d'avoir besoin de se rabattre à la nourriture qui y était stockée. Bon sang, qu'est-ce qui n'allait pas chez elle ? Quelqu'un avait été tué là-dedans, et tout ce qui la préoccupait, c'étaient les animaux.

C'était typique. L'argent des dons s'était réduit comme peau de chagrin et elle était dans une situation désespérée. La dernière chose dont elle avait besoin était un tel drame. Il était déjà difficile d'obtenir du soutien pour les animaux en règle générale. Si quelqu'un pensait qu'une enquête sur un meurtre était en cours au refuge, l'argent se tarirait complètement.

Morose, elle s'assit à la table de sa cuisine, buvant du café, en attendant que la police fasse ce qu'elle avait à faire. Il était inutile de lutter. Elle leur avait donné accès à toute la propriété. Elle voulait qu'ils effectuent leur travail.

L'agent revint et lui dit :

— Nous avons besoin de la propriété pendant vingt-quatre heures. Lorsqu'il sera temps pour vous de travailler avec les animaux, un officier sera avec vous à tout moment. Vous ne pouvez pas passer la nuit ici, mais pendant la journée, vous pouvez être là pour les animaux. Après cela, nous aurons terminé et vous pourrez récupérer l'endroit.

Il resta debout et attendit une réponse.

Quel choix avait-elle ? C'était le mieux qu'elle pouvait obtenir. Elle fit un signe de tête sec.

— Je serai ici de sept heures du matin à sept heures du soir. À ce moment-là, je partirai.

Il fronça les sourcils et elle secoua la tête.

— Il y a des chiens à nourrir et à promener, des chats dont il faut s'occuper, des cages à vider et à désinfecter. Il y a de la nourriture à trier et des médicaments à distribuer. Il y a des appels téléphoniques à passer, etc. Il s'agit d'une entreprise et d'une organisation caritative. J'ai besoin que les gens comprennent que c'est toujours opérationnel.

Il se retourna et s'éloigna. Elle s'enfonça dans son fauteuil.

— Ça s'est bien passé.

Flynn parla derrière elle.

— Où vas-tu cette nuit ?

— Je veux dormir dans les cages avec les animaux, murmura-t-elle. Je ne veux pas vraiment les laisser seuls.

— La police ne te laissera pas faire.

Elle appuya ses coudes sur la table et laissa tomber son menton dans ses mains.

— Bien sûr que non. Ce serait trop facile. Je n'ai aucune idée de ce que je vais faire. Ça te va comme réponse ?

Elle regarda par la fenêtre, se demandant ce qui s'était passé et comment elle allait surmonter cette épreuve, puis se reprocha d'avoir été égoïste. Elle savait que Flynn avait de gros problèmes. Pourtant, il avait des gens qui le soutenaient. Des gens en qui il pouvait avoir confiance pour découvrir ce qui se passait et s'assurer que cela n'aurait pas d'impact durable sur sa vie. Elle était dans la même situation que Katina, et comprenait maintenant pourquoi elle vivait avec Merk au complexe.

En fait, ce n'était pas si loin, mais elle ne voulait pas s'imposer à son amie plus que nécessaire. Mentalement, elle parcourut la liste de ses connaissances, se demandant si quelqu'un serait assez généreux pour lui offrir son canapé pour la nuit. Mais la liste était courte, et toutes les réponses étaient négatives lorsqu'elle arriva au bout. Elle ne pouvait en aucun cas se permettre un séjour à l'hôtel. Elle avait besoin d'argent pour payer ses factures d'électricité, de téléphone et d'eau. Elle ne dépenserait pas autant d'argent dans un hôtel.

Elle devrait donc peut-être passer la nuit dans sa voiture.

Logan apparut à ses côtés.

— Levi a dit que vous pouviez revenir au complexe jusqu'à ce que la police ait fini de fouiller votre maison.

Elle se retourna pour le fixer.

— Pourquoi proposerait-il ça ?

Logan rit.

— C'est une âme très généreuse. Tu es aussi amie avec Katina. Et manifestement, tu as une relation un peu bizarre avec Flynn. Amour et meurtre, peut-être ?

Son ton était taquin, mais avec la menace des ténèbres et tout ce qui s'était déjà passé…

Elle grimaça.

— Le meurtre, oui, mais l'amour… je ne pense pas.

— Hé, qu'en sais-tu ? Donne-moi une chance ! dit Flynn, avec un sourire malicieux.

Elle lui lança un regard et rit.

— Flynn, tu as probablement laissé derrière toi une traînée de cœurs brisés de la taille d'une boule de démolition dans ta vie. Je n'ai pas l'intention d'en faire partie.

Logan rit.

— Flynn ne fait que parler mais n'agit pas beaucoup.

— Hé, ce n'est pas vrai ! Toutes les filles aiment les héros.

À ce moment-là, Logan se mit vraiment à rire.

— Ne laisse pas Levi t'entendre dire ça ! Il a un faible pour ce terme.

Flynn fronça les sourcils.

— Lequel ? « Héros » ?

— Oui, celui-là. Ice a fait une blague sur le fait que « Heroes for Hire »[1] soit le nom de la société. Et les autres femmes qui nous ont rejoints au complexe ont inventé des versions qui le déclinent, au grand dégoût de Levi.

Flynn rit.

— Oh, mon Dieu, c'est gonflé ! Et c'est en fait un très bon nom.

— Levi ne le pense pas.

---

[1] « Héros à louer ».

Flynn sourit.

— Non, « Legendary Security » est bien mieux que cela. Mais comme surnom, c'est parfait.

— Cela ferait de toi un héros, déclara Anna.

— Nous avons essayé une fois, tu t'en souviens ? Ça n'a pas très bien marché. Et tu n'as pas les moyens d'embaucher qui que ce soit, donc il n'y a pas de « héros à louer » ici.

Elle se leva, se dirigea vers la bouilloire, la remplit et la mit à chauffer. À l'intérieur, son esprit bouillonnait de toutes sortes d'options.

La dernière chose qu'elle souhaitait était d'aller au complexe. Mais il y aurait un repas chaud et un endroit où dormir pour la nuit. Elle détestait l'idée de laisser les animaux derrière elle. Elle regarda fixement les enclos des chiens.

— Je ne peux pas laisser les animaux seuls. Et si quelqu'un revient pour les tuer ?

— La police n'a pas dit qu'ils seraient là toute la nuit ?

Elle secoua la tête.

— Je ne crois pas que ce soit ce qu'ils voulaient dire. Je pense qu'ils voulaient juste avoir un accès pendant la nuit, pas qu'ils seront là ni qu'il auront des agents en service, gardant un œil sur l'endroit. Je doute qu'ils aient l'argent pour. Je n'en ai pas non plus pour engager quelqu'un qui s'occuperait des animaux ni pour loger à l'hôtel.

— Inutile. Tu resteras avec nous, dit Flynn.

— Et si je ne veux pas ?

— Cela signifierait que nous passerions tous les deux une nuit très inconfortable ici.

— Tu resterais avec moi ?

— Oui, mais je peux te dire que, comme il s'agit d'une scène de crime, la police va faire des allers-retours dans toute la maison à la recherche d'empreintes digitales, donc les animaux seront en sécurité ce soir.

Elle détestait se laisser convaincre, mais elle savait aussi qu'elle avait besoin de dormir.

— Je pourrai revenir tôt demain matin ?

— Oui.

Elle consulta sa montre. Il était déjà plus de sept heures.

— Il me faudra au moins une heure pour en finir avec les animaux ce soir.

— Nous pouvons aussi t'aider, dit Flynn. J'aimerais partir dans une heure.

Elle chassa les cheveux de son visage.

— Eh bien, nous ferions mieux de nous y mettre alors.

Elle commença par les chiens, les deux hommes à ses côtés. Ils les promenèrent tous en même temps pendant une bonne demi-heure. Cela lui permit de réduire considérablement son temps de travail. Elle avait du mal à prendre autant de chiens à la fois, surtout que Jimbo, le grand labrador, était turbulent et avait tendance à mélanger toutes les laisses. Flynn prit Jimbo tout seul, elle prit les petits et Logan prit le pitbull, Duggy.

Trente minutes plus tard, ils revinrent, mettant les chiens dans leurs cages pour la nuit. Avec l'aide des deux hommes, elle les nourrit et les abreuva, les gratifia chacun d'un bon câlin, puis se tourna vers les chats. Elle les étudia à l'intérieur de la maison de jeu et dit :

— Je peux les laisser tous ici. Nous y mettrons les bacs à litière, la nourriture et l'eau, et tout ira bien.

Ils firent tout ce qu'il fallait pour les chats, puis elle s'occupa des enclos extérieurs avec le hamster, le lapin et le serpent. Le hamster avait besoin d'une litière propre, d'eau fraîche et de nourriture, tout comme le lapin. Le serpent, bien caché dans son habitat, l'effrayait toujours lorsqu'il se dévoilait. Elle jeta quelques grillons vivants dans son terrarium et referma le couvercle.

Lorsqu'ils eurent terminé, les policiers étaient encore partout, maintenant sous les lumières extérieures. Cela donnait un air sinistre à l'ensemble.

Elle retourna vers l'officier à qui elle avait parlé plus tôt.

— Nous allons partir, maintenant. Gardez un œil sur les animaux pour nous, s'il vous plaît !

Il acquiesça.

— Tout ira bien. Nous avons encore des heures de travail devant nous. Il est peu probable que quelqu'un d'autre revienne ce soir. Si c'est le cas, il aura une petite surprise.

— Espérons qu'il le fera et que vous l'attraperez. Je ne dormirai pas bien en sachant que quelqu'un a caché un mort dans ma remise. Ou a tué un hibou en guise de message tordu.

— Où était exactement le hibou ?

Elle montra la marche du haut.

— Il a été éviscéré et laissé sur la marche.

— Quels sont les chiens qui sont ici maintenant ?

— Les deux grands sont à l'arrière. Normalement, les deux petits sont à l'avant, mais je les ai rapprochés des plus gros, maintenant. Même si, à l'avant, ils remarqueraient tout, des oiseaux aux intrus. Elle grimaça : Alors peut-être que c'est plus sûr pour eux d'être devant.

— Ils n'ont rien à craindre. On se voit demain matin.

Avec les deux hommes à ses côtés, elle se laissa convaincre de retourner aux véhicules. Elle prit sa voiture, elle voulait avoir toute l'autonomie nécessaire pour partir le lendemain matin. Sinon, il y avait de fortes chances que Flynn la retienne.

Elle s'installa du côté conducteur, et tandis qu'elle mettait la clé dans le contact, Flynn se glissa sur le siège passager à côté d'elle.

— Tu peux aller avec Logan, tu sais ? Je suis parfaitement en sécurité.

— Mais je veux monter avec toi, dit-il. En plus, j'ai quelque chose à t'expliquer quelque chose.

Elle lui jeta un regard neutre en s'engageant dans la rue. Logan était devant eux. Elle avait l'intention de le suivre jusqu'au complexe. Elle craignait que Levi n'ait pas eu le choix de l'accueillir là-bas. Il se pouvait que Flynn ait fait pression sur lui pour qu'il la laisse revenir. Elle avait fait toute une scène ce matin. Elle n'était même pas sûre d'être la bienvenue.

— Que veux-tu m'expliquer ?

Le camion qui la précédait prit plusieurs virages avant de s'engager sur l'autoroute. Elle le suivit et, quelques secondes après, ils s'engagèrent sur la route principale en direction du complexe. Le trajet n'était pas très long, mais elle ne s'en souvenait pas très bien.

— Ma veste.

— Ah bon ? Elle le regarda avec surprise : Je pensais que tu voulais me parler du complexe.

— Même si j'adore faire partie de cet endroit, il est impossible de l'expliquer, déclara-t-il en riant. Je suis encore en train de comprendre comment tout cela fonctionne.

— Es-tu sûr que je suis la bienvenue ?

— C'était l'idée de Levi.

Elle haussa les épaules. Elle aurait dû s'en réjouir, mais ce n'était pas le cas. Elle avait toujours l'impression qu'il avait été poussé à le faire.

— Alors, ta veste ?

— Je l'ai laissée exprès.

— Mais enfin, pourquoi as-tu fait ça ?!

Elle le regarda avec stupeur.

— Pour deux raisons. Premièrement, si Jonas entrait chez toi – dans ta chambre –, il l'aurait vue et ainsi se serait rendu compte que tu avais une relation, et t'aurait peut-être laissée tranquille.

— Jonas n'entre pas dans ma chambre. Il n'est même jamais entré dans ma maison. Puis, se souvenant que Jonas gisait mort dans son hangar, elle ajouta : Et il est évidemment bien trop tard pour s'inquiéter de ce genre de choses maintenant. Elle ne comprenait toujours pas ce que Flynn voulait dire : Qu'est-ce que ça peut te faire que Jonas pense que j'avais une relation ?

— Il était sacrément effrayant. N'importe quelle femme aurait dû être terrifiée par lui.

— Maintenant qu'il est mort, je ne pense pas que ce soit un problème.

— À l'époque, je n'avais pas réalisé que sa disparition se produirait aussi rapidement. Et j'étais surtout inquiet pour toi.

— Eh bien, je te remercie, mais ce n'était nullement nécessaire.

Il y eut un silence étrange et inconfortable, puis elle se souvint qu'il avait annoncé deux raisons.

— Quelle est l'autre ?

Comme il ne répondait pas, elle étudia son profil tandis qu'il regardait par la fenêtre du passager.

— Alors ?

FLYNN NE TOURNAIT jamais autour du pot. Il avait son

franc-parler. Il en était fier. Et lorsqu'il avait ouvert la bouche pour la première fois, c'était avec la ferme intention de lui en dire plus sur sa veste. Mais c'était bizarre maintenant. Le moment était mal choisi. Et il était très attentif à cela aussi. Ces derniers temps, il avait l'impression que tout ce qu'il faisait était en décalage avec ce qu'il aurait dû faire.

La meilleure période de sa vie avait été celle où il était un SEAL actif. Mais même là, il avait mal choisi ses moments. Il était en Afghanistan, et les ordres qu'il avait reçus à l'époque auraient été tout à fait normaux, s'il avait été au bon endroit. Mais il avait pris du retard et s'était rendu dans un village pour aider quelqu'un sur le chemin du retour alors que personne ne voulait le seconder. Il était resté plus longtemps qu'il n'aurait dû. Lorsqu'il l'avait expliqué à son commandant, il avait été réprimandé. Lorsqu'il avait reçu l'ordre de se retirer et qu'il avait dû laisser ces enfants en difficulté, il était allé à l'encontre de sa nature profonde et, dans sa colère, il avait désobéi aux ordres directs.

Sa fameuse colère irlandaise. Ce fichu tempérament lui attirait toujours plus d'ennuis. Il avait ignoré l'ordre de retourner au camp. Au lieu de cela, il avait aidé à soigner une jambe cassée, puis avait accompagné la mère blessée pour ramener les enfants en lieu sûr. Le temps qu'il revienne au camp, il était dans le pétrin.

S'il y avait un jour noir dont il se souvenait, c'était bien celui-là, et personne n'avait voulu entendre sa version des faits. Peu importe qu'il ait fait une bonne action. Il ne suivait pas les ordres. Les autres gars n'avaient pas compati. En fait, plusieurs d'entre eux s'étaient mis en colère.

Mais son commandant était un enfoiré. De toute façon, la qualité du travail n'avait parfois aucune importance. Flynn avait donc passé un an à voyager, à « se retrouver ». Ce n'était pas si mal. Ç'avait été une année formidable, seulement l'idée qu'il avait déjà eu une crise de la quarantaine à trente ans n'était pas quelque chose dont il était fier. Mais il était perdu. En colère, incrédule face à la tournure soudaine des événements, il lui avait fallu beaucoup de temps pour se remettre sur pied.

Alors maintenant qu'il avait une chance avec l'entreprise de Levi, il ne voulait pas la perdre. C'était ce qu'il était destiné à faire. Né pour cela. Ils étaient tous d'anciens SEAL. Il savait que cela changerait avec le temps. Il y avait beaucoup d'autres hommes très bien qui, il le savait, aimeraient avoir une chance de se joindre à eux. Mais Legendary Security était une jeune entreprise, et Levi ne pouvait embaucher qu'un nombre limité de personnes à la fois. Pourtant, son entreprise était en pleine croissance. Flynn n'avait aucun doute sur le fait que, dans quelques années, ce serait une référence incontournable, et il voulait en faire partie dès maintenant.

Aussi, lorsque Levi avait demandé à Flynn de s'occuper d'Anna, la réponse avait-elle été un oui immédiat. Il avait sauté sur l'occasion et l'aurait fait pour rien, en guise d'entretien d'embauche officiel pour Levi, alors Flynn avait été ravi quand il avait été payé.

Mais rien ne l'avait préparé à rencontrer Anna. Ni à son attirance pour elle. Ce n'était d'ailleurs pas à sens unique. Il se sentait vivant. Et il l'aimait bien, mais il cherchait beaucoup plus. Il l'avait trouvé en Anna. Seulement, ils s'étaient disputés – beaucoup. Et il en avait aimé chaque minute. Lorsque Levi lui avait dit qu'il était temps de plier bagage, Flynn avait été déçu, mais il avait accepté que ce job prenne fin. Au moment de partir, il avait eu du mal à laisser les choses en l'état. Il avait donc fait exprès de laisser sa veste derrière lui.

— Tu vas me le dire ? demanda-t-elle. Est-ce que c'est un sombre secret enfoui que tu ne veux pas que quiconque connaisse ? Quoi ? Tu as tracé mon nom dans un pentacle ? ricana-t-elle. Je sais que ce n'est pas vrai.

Il lui jeta un coup d'œil.

— Je suppose que je l'ai mérité.

Elle fronça les sourcils et le fixa.

Et il savait qu'elle ne comprenait pas.

— Parce que j'ai laissé la veste derrière moi pour une raison précise. Cela me donnait une excuse pour revenir te voir. Il poussa un gros soupir : Et peut-être que je revendiquais quelque chose. Pour que si un homme entrait chez toi, il la voie et sache que mes vêtements étaient là en premier.

Anna écarquilla les yeux et elle reporta son attention sur la route. Elle ne dit rien pendant un long moment. Il se renfonça dans son siège, prêt à rester muet jusqu'à ce qu'ils arrivent à l'enceinte.

— Et pourquoi voulais-tu revenir me voir ? Tout ce que nous avons fait, c'est nous disputer.

— Pas tout à fait, dit-il à voix basse. Ou as-tu oublié le baiser ?

— Je n'ai *rien* oublié, marmonna-t-elle.

Il grimaça en l'entendant accentuer « rien ». Peut-être que ce n'était pas une cause aussi perdue qu'il le craignait. Il n'avait certainement pas mal compris sa réaction à leur baiser passionné, mais c'était quelque chose dont ils n'avaient pas eu l'occasion de parler, jusqu'à présent. Laisser la veste derrière lui était sa façon de dire « je reviens ». Apparemment, elle avait compris le message.

À l'entrée de l'enceinte, elle ralentit et s'arrêta au milieu de la route. Elle le regarda et lui dit :

— Où dois-je me garer ?

Il lui indiqua un emplacement entre deux camions de l'entreprise. Elle s'arrêta et coupa le moteur.

— Ça fait bizarre d'être de retour si tôt.

— Ça ne devrait pas. Cela devrait être juste comme il faut.

Il lui adressa un sourire chaleureux et sortit de la voiture.

En sortant, elle se retourna et demanda :

— Tu penses que c'est lié à la nuit où les chiens sont devenus fous ?

Il fronça les sourcils.

— Tu sais, cette nuit-là…

Il se rendit compte que plusieurs des hommes présents dans le garage s'étaient retournés à leur arrivée. Bien sûr, elle avait choisi ce moment pour évoquer ce qui aurait dû être une conversation privée.

Il repensa à la nuit en question, réalisant qu'il ne se souvenait pas de grand-chose, mais qu'il y avait eu beaucoup d'aboiements à l'extérieur.

— Tu penses qu'il y a eu un intrus à ce moment-là ?

Elle haussa les épaules.

— Je ne sais pas. C'était juste une anomalie, mais maintenant quelque chose d'autre s'est produit, alors je me pose des questions.

— Qu'est-ce qui est une anomalie ? demanda Levi en s'approchant.

Flynn grimaça. Génial ! Maintenant, Levi pensait qu'Anna était meilleure que lui dans ce travail. Mais il n'était pas question pour Flynn d'arriver dans une nouvelle entreprise, d'entamer un nouveau travail, en mentant.

— La nuit avant que je ne parte de chez elle, nous avons entendu quelque chose. Ce n'était pas grand-chose, mais ça a déclenché les aboiements des chiens. On n'a rien trouvé à ce moment-là. Il jeta un coup d'œil à Anna et ajouta : Elle se demande si quelqu'un ne s'était pas déjà introduit chez elle à ce moment-là. Mais pour quoi faire ?

Il lui fit signe d'entrer dans le garage, et de là, il l'emmènerait dans la cuisine et lui trouverait une chambre d'amis.

— Maintenant, avec le meurtre du hibou, je suis encore plus inquiet. La seule raison de faire ça, c'est de la terroriser.

Levi acquiesça. Il regarda Anna entrer dans la cuisine et Alfred prit le relais. Flynn et Logan restèrent dans le garage, sachant que Levi avait d'autres questions à poser.

— Vous pensez qu'elle cache quelque chose ?

Les deux hommes se regardèrent.

Flynn répondit :

— Je ne pense pas. J'ai travaillé avec elle pendant deux semaines. Vous la voyez telle qu'en elle-même. Elle a du tempérament, elle aime se disputer. Elle est passionnée par les animaux. Mais je ne pense pas que ce soit une menteuse. Je ne l'ai pas vue mentir une seule fois, et elle n'utilise pas de ruses pour obtenir ce qu'elle veut – elle est directe. Il haussa les épaules : Je pense qu'elle est très honnête. Et qu'elle est juste terriblement bouleversée et choquée par ce qui s'est passé.

— Et je suis d'accord, d'après le peu que j'ai vu d'elle, déclara Logan. Elle a eu une journée particulièrement difficile. Les flics sont partout. Les animaux sont bouleversés. Et, bien sûr, elle connaissait le type qui a été tué.

— Elle le connaissait bien ? Levi se tourna vers Flynn.

— Non, pas très bien. Ils se sont rencontrés par hasard la première fois, et elle a été gentille avec lui. Il a commencé à venir tout le temps après ça. Il était plus une nuisance qu'autre chose. Elle s'est sentie désolée pour lui. Il ouvrit les bras : Vous savez comment ça se passe. Il a continué à venir, en espérant qu'elle changerait d'avis.

— Était-il violent ?

Flynn secoua la tête.

— Il n'a jamais levé la main sur elle. Il avait l'air d'être toujours défoncé. Il faisait une fixation sur elle, elle l'obsédait, et s'il n'était pas mort, je suis sûr qu'il serait devenu un problème bien plus important. Je ne peux pas dire à quel point.

— Nous avons déjà lancé des recherches sur lui. Rien. Il n'avait pas d'emploi stable ni de relation, mais il avait de l'argent. Il ne possédait pas de biens. Le véhicule était à son nom, mais sa mère payait l'assurance. Il a purgé quelques peines pour des délits mineurs, comme des vols à l'arraché, des accusations de recel de biens volés et quelques effractions, mais de moindre gravité.

— Il s'est donc fait tuer ?

— Ou alors, dit Logan, il était au mauvais endroit au mauvais moment.

Levi pivota pour regarder Logan, puis dit :

— Et si nous envisageons cette hypothèse, pourquoi était-il là en premier lieu ? Qui avait besoin de l'éliminer à cause de cela ? Qu'est-ce que le tueur faisait là ?

Flynn secoua la tête.

— Je n'en ai aucune idée.

— Combien de personnes savaient que tu étais là, Flynn ?

Flynn s'arrêta et regarda le plafond, recensant qui savait où il se trouvait à ce moment-là.

— Toi et ton équipe, le père de Logan, tous ceux à qui il a pu en parler, Anna, et moi. Nous ne sommes pas beaucoup sortis, nous sommes restés sur sa propriété. Je n'ai pas vraiment d'amis ou de famille qui se soucient de moi. Et je ne suis pas resté là-bas assez longtemps pour en faire un problème.

— Parce que ce que nous devons vraiment savoir, c'est pourquoi tu t'es fait piéger. Est-ce pour détourner l'attention du tueur ? Ou bien étais-tu la cible véritable et Jonas une victime collatérale ?

Flynn le regarda fixement, comprenant enfin.

— Il n'y a pas grand monde qui ferait tant d'efforts pour me piéger.

— Combien ? demanda Stone derrière lui.

Flynn tourna sur lui-même, n'ayant pas entendu le grand homme s'approcher. Flynn secoua la tête.

— Bon sang, tu es discret !

Stone l'étudia.

— N'esquive la question !

— Ce n'est pas une période agréable de ma vie.

— Raison de plus pour que nous le sachions, au cas où ce serait lié.

— Quand j'étais un SEAL, j'ai fait le malin et j'ai été viré. Je le referais sans hésiter. Mais au moment où j'ai été expulsé, quelqu'un d'autre l'a été aussi. Il n'était pas avec moi lors de la mission qui m'a causé des ennuis, mais il me l'a reproché. Je n'ai aucune idée du raisonnement ou des preuves dont disposaient les militaires pour justifier leur mesure contre lui.

Il se raidit, ignorant si certains d'entre eux étaient au courant des circonstances qui l'avaient poussé à quitter l'armée. S'ils l'étaient, il espérait qu'ils comprendraient sa position.

— Quel était le nom de l'homme en question ? demanda Logan. Je ne pense pas que tu m'aies parlé de ça, mon pote.

Il jeta un coup d'œil à Logan.

— Personne n'aime étaler son linge sale. Surtout pas avec un collègue SEAL.

— Son nom ? répéta Levi.

Flynn réfléchit aux options qui s'offraient à lui. Puis il haussa les épaules.

— Brendan McAllister.

Instantanément, les autres hommes se raidirent et hochèrent la tête en connaissance de cause.

— Vous le connaissez déjà, je suppose ?

— Nous le connaissons et tu as raison, déclara Levi. Ce n'est pas bien de dire du mal de quelqu'un. Mais si quelqu'un justifie de le faire, ce serait lui. C'était un minable fainéant, et il n'aurait jamais assuré tes arrières. C'était un lâche jusqu'au bout des ongles.

Des mots durs pour un SEAL, pour n'importe quel militaire, car s'il y avait une chose dont tout le monde avait besoin chez eux, c'était de savoir que ses coéquipiers le soutiennent.

— J'ai entendu dire qu'il avait été renvoyé pour avoir déshonoré le drapeau, dit Stone. C'est une bonne chose. Je l'aurais envoyé à l'autre bout du pays s'ils m'en avaient laissé l'ombre d'une chance.

Sur ce, Flynn se dirigea vers la cuisine. Plusieurs autres hommes le rejoignirent.

— Je vais demander à Papa de s'en occuper, dit Logan. Il connaît son frère. Mais deux frères ne peuvent pas être plus différents.

Levi demanda à Flynn :

— Vous savez si Brendan est dans le coin ?

Flynn s'arrêta.

— Aucune idée.

Logan saisit son téléphone.

— Je vais me renseigner.

— Je pensais qu'il vivait en Californie, déclara Flynn. Mais ce n'était peut-être pas son choix après son expulsion. Il pointa un doigt vers la cuisine, puis dit : Je dois montrer à Anna où s'installer.

— Alfred s'occupe d'elle.

Bien sûr, il était sur le coup. Qu'auraient-ils fait sans Alfred ? Flynn se rendit dans la cuisine pour constater qu'elle était vide. Ce fut alors qu'il se rendit compte qu'il avait manqué le dîner. Avec un peu de chance, il y avait des restes dans le réfrigérateur. Il ouvrit l'énorme appareil électroménager à double porte, cherchant s'il y avait quelque chose à réchauffer.

Quand il se retourna, Alfred entrait dans la cuisine et se dirigeait vers le lave-vaisselle. Il en sortit deux assiettes.

— Ton repas sera prêt dans une minute.

— Je pense que Logan a probablement faim aussi.

Alfred rit.

— D'accord, ça fait trois assiettes.

Il plongea la main dans le grand lave-vaisselle en métal et en sortit une troisième.

— Anna est dans la chambre à côté de la tienne. Tu devras probablement la faire redescendre, sinon elle ne mangera pas. Elle a l'air d'être du genre à ne pas vouloir s'imposer.

— Tu as raison.

Flynn était heureux d'être le coursier, dans ce cas. Il était également ravi qu'Anna ait été installée dans la chambre à côté de la sienne. Alfred était très perspicace. Peut-être avait-il vu quelque chose. Flynn l'espérait. Mais il était bien trop tôt pour le savoir.

Chapitre 5

L E LENDEMAIN MATIN, Anna se réveilla tôt. Il était presque six heures. Elle prit une douche rapide, s'habilla et fit son lit. Après avoir jeté un dernier coup d'œil dans la pièce pour voir si elle n'avait rien oublié, elle prit son sac et se dirigea vers la cuisine. Si elle avait de la chance, il y aurait peut-être du café, sinon elle s'éclipserait et rentrerait chez elle. Les animaux avaient besoin d'elle.

Dans la cuisine, elle s'arrêta et constata que plusieurs personnes étaient déjà debout.

— Waouh, je pensais que j'étais la seule à me lever tôt !

Avec un léger sourire dans le regard, Flynn se leva.

— Je t'ai entendue bouger et j'ai pensé que tu allais filer en douce.

Elle lui lança un regard noir.

— Je ne filais pas en douce.

— Bien, parce qu'Alfred prépare le petit déjeuner.

Elle sourit de plaisir.

— J'aimerais pouvoir te voler Alfred.

— Aucun risque, déclara Levi, et tu ne serais certainement pas la première à essayer.

Elle s'assit à l'autre bout de la table, observant les personnes qui entraient dans la pièce à différents stades de réveil.

Lorsque Katina entra et la vit, elle se précipita sur elle pour la serrer dans ses bras.

— Je suis vraiment désolée de ne pas t'avoir vue quand tu es arrivée hier soir. J'étais vraiment fatiguée.

Anna étudia son amie. Elle aperçut un rougissement sur ses joues. Elle laissa passer le mensonge de son amie. Si Anna avait partagé le lit quelqu'un comme Merk, elle aurait pu avoir une raison de se coucher tôt elle aussi. Elle fit un clin d'œil à son amie et regarda le rose s'accentuer sur ses joues.

Katina sourit.

— Je pensais venir chez toi pour la journée. Je pourrais peut-être t'aider. S'il n'y a rien d'autre à faire, je pourrai te tenir compagnie. On doit se sentir très seul là-bas.

— Nous pouvons y passer quelques heures, mais ce sera tout, dit Merk à voix basse, mais il ne faisait aucun doute qu'il pensait ce qu'il disait et qu'il n'en démordrait pas.

Katina le regarda et fronça les sourcils.

— Pourquoi ?

— Je vais chez Gunner. Il a des informations dont il veut discuter concernant Flynn, Logan, et un autre homme nommé Brendan.

Katina n'avait pas entendu les dernières nouvelles de la veille.

Anna non plus. Après une brève explication sur qui était ce Brendan, elle fronça les sourcils en regardant Flynn.

— Pourquoi ne m'as-tu rien dit ?

Il haussa un sourcil.

— Pour quoi faire ? C'était il y a longtemps. C'est une question caduque.

— Apparemment non. Elle se tourna vers Logan : Et ton père a confirmé que Brendan vit par ici ?

Logan acquiesça.

— Il paraît qu'il est chez son frère, en ce moment.

Elle laissa tomber son regard sur sa tasse de café.

— Même si je suis heureuse qu'il puisse être suspecté de ce meurtre, il est également troublant que quelqu'un déteste Flynn au point de tuer quelqu'un d'autre. Elle prit une gorgée de son café et ajouta : Quel est le sens de tout ça ?

— Nous n'avons pas de réponse pour l'instant, dit Flynn calmement. Mais tu verras que lorsque nous en aurons une, cela prendra plus de sens. Peut-être pas de la façon dont tu l'entends, mais pour le tueur, c'est toujours logique. C'est l'une des rares choses tristes chez les gens qui tuent. À leur manière, ils ont une bonne raison d'agir comme ils le font.

— Une pensée effrayante.

Après cela, la conversation s'orienta vers des sujets généraux. Anna regarda les plateaux de saucisses, de bacon et d'œufs qui arrivaient sur la table.

— Alfred, comment peux-tu nourrir autant de monde tout le temps ?

Il rit.

— J'adore ça. Plus cet endroit sera grand, plus je serai heureux.

Et sur cette note, il se tourna les talons et partit.

Elle jeta un coup d'œil interrogateur à Levi.

— Quelle taille est prévue pour cet endroit ?

— Aucune idée pour l'instant, déclara-t-il joyeusement. Nous disposons d'une grande marge de manœuvre pour nous développer. Cela dépend du travail et de la demande que rencontreront nos services.

Elle acquiesça.

— Ça semble quand même vide sans animaux.

Il rit.

— Tu n'es pas la première à le dire. Personnellement, j'ai l'impression que toutes les femmes veulent que je ramène un tas de chiens et de chats.

— Si c'est le cas, j'en ai quelques-uns qui ont besoin d'un foyer, dit-elle avec enthousiasme. Fais-le-moi savoir et je les livrerai en personne.

Il secoua la tête.

— Il n'en est pas question pour tout de suite. Cela mettrait les ouvriers dans tous leurs états.

Flynn leva la tête.

— Des ouvriers ? Pour quoi faire ?

— Nous réaménageons quelques appartements et prévoyons de construire un laboratoire. Ice semble penser que nous avons besoin d'une sorte de morgue.

Anna sursauta, son regard se porta sur Ice.

— Tu plaisantes, n'est-ce pas ?

— Pas vraiment. Mais il pourrait s'agir d'une chambre froide pour conserver des denrées alimentaires.

— Toutes les autorités sanitaires adoreraient cela, dit Anna en riant. Et elles ne sont pas faciles à amadouer, en général.

— L'un des organismes de réglementation t'aurait-il rendu la vie difficile ? demanda Ice. Je veux dire que, lorsque nous parlons d'avoir des ennemis, très peu de gens acceptent que des institutions comme les autorités sanitaires viennent les fermer.

— Je suis sûre que des services comme celui-là sont sur la liste noire de certaines personnes, dit-elle avec un sourire en coin. Mais non, je n'ai eu aucun problème avec qui que ce soit.

— Il est intéressant de constater que le meilleur suspect est en fait quelqu'un qui est venu chez toi comme garde du corps, nota Levi.

Anna jeta un coup d'œil à Flynn et s'empressa d'ajouter :

— Cela ne le rend pas responsable.

— Je ne suis pas responsable de sa présence chez toi, déclara Flynn. Mais je pourrais l'être pour l'avoir suffisamment énervé pour qu'il veuille se venger.

Elle se pencha en avant.

— Et comment cela justifie-t-il de tuer Jonas ?

Dans le silence qui envahit soudain la pièce, Flynn dit :

— Si je suis accusé d'un meurtre que je n'ai pas commis, c'est une sacrée revanche à prendre.

— Mais tuer un homme pour ça ? Elle secoua la tête : Je ne comprends pas ça. Mais je ne vis pas dans le même monde que vous. Tuer m'est très étranger. J'évolue dans un monde où l'on sauve des vies, même s'il s'agit le plus souvent de celles d'êtres à quatre pattes.

Elle jeta un coup d'œil à sa montre et dit :

— En parlant de ça, il faut que j'y aille.

Elle se leva, prit son assiette et ses couverts et entra dans la cuisine. Alfred était là, en train de charger le lave-vaisselle.

— Je vais d'abord les rincer.

Il se retourna, vit la vaisselle et sourit.

— Je m'en occupe, ma chère. Prenez ce panier ! Il contient le déjeuner et du café pour vous, ainsi que quelques muffins au cas où vous auriez faim. Vous ne savez pas dans quel état sera votre cuisine, s'empressa-t-il d'ajouter. N'oubliez pas que la police était là et qu'elle a passé toute la journée à mettre votre maison sens dessus dessous. Cela pourrait être très perturbant pour vous lorsque vous rentrerez chez vous.

— J'ai essayé de ne pas y penser. Elle lui adressa un sourire triste : Ce n'est que du travail. Je peux nettoyer. J'espère que les animaux ont survécu à la nuit sans trop de stress. La dernière chose dont ils ont besoin, c'est d'être encore plus perturbés.

Elle retourna dans la salle à manger et ramassa son sac de voyage qu'elle avait laissé tomber dans le couloir. Elle se tourna vers Levi et Ice.

— Merci beaucoup de m'avoir donné un toit pour la nuit. Je dois aller voir les animaux.

Après les adieux, elle adressa un signe de la main à tout le monde et retourna à sa voiture en passant par le garage.

Et trouva Flynn debout du côté passager.

— Qu'est-ce que tu fais ?

— Je viens avec toi, dit-il calmement. Tu n'as aucune idée de ce qui t'attend quand tu arriveras chez toi. Tu ne devrais pas être seule.

Elle fronça les sourcils, réalisant qu'elle n'en avait pas vraiment envie, mais qu'il risquait de rester coincé.

— Tu ne veux pas avoir ton propre moyen de locomotion pour pouvoir rentrer à la maison ce soir ?

— Tu oublies que plusieurs de mes collègues vont chez Gunner. Je pourrais toujours me faire raccompagner.

Toute inquiétude quitta le visage d'Anna.

— Je n'y pensais plus. Je vais aussi avoir Katina pendant quelques heures aujourd'hui.

Sur cette note beaucoup plus joyeuse, elle monta dans la voiture, mit le moteur en marche et attendit que Flynn monte et attache sa ceinture, puis elle sortit de l'enceinte.

BON SANG, IL pensait qu'ils avaient dépassé ce stade. Mais il semblait qu'elle ne voulait vraiment pas de lui dans les parages. Ou du moins pas la nuit, ce qui n'avait aucun sens, vu qu'il y avait eu un intrus chez elle, et même entre ses murs. Il n'avait pas l'intention de la laisser seule dans cette maison, pas avant que cette affaire ne soit résolue. Que quelqu'un en ait après lui signifiait peut-être qu'il la mettait en danger. Mais pourquoi ce type ne l'affrontait-il pas ? Il n'y avait rien de pire que d'avoir une crapule qui se faufile derrière votre dos, semant meurtres et chaos.

Il avait déjà eu assez de mal à vivre avec ça dans l'armée. On l'avait envoyé en mission pour débusquer ces ordures-là une par une. Mais ce n'était pas une chose à laquelle on s'attendait quand on rentrait chez soi. Et il avait quitté l'armée depuis presque deux ans.

Mais apparemment, il avait aussi perdu son avantage. Et ce serait même un inconvénient. Si ce n'était pas pour lui, c'était pour Levi. S'ils ne pensaient pas pouvoir lui faire confiance, ils ne lui confieraient pas de missions. Les autres devaient savoir qu'il était là pour surveiller leurs arrières. Et qu'il avait surveillé les siens.

Si l'intrus était entré chez elle après le départ de Flynn, cela signifiait-il que le tueur l'avait-il épiée ? Savait-il que Flynn était parti ? Pour de bon ? Ou s'attendait-il à ce que Flynn soit là pour prendre le coup à la place de Jonas ?

Le trajet se déroula rapidement et sans encombre. Lorsqu'ils s'engagèrent dans l'allée principale, les voitures de police étaient encore garées sur place. Il pouvait presque sentir les vagues de soulagement émanant d'Anna, supposant que les flics étaient là depuis hier et que personne d'autre ne s'était montré pendant la nuit.

Il sortit, laissant ses affaires sur la banquette arrière. Elle n'avait pas remarqué qu'il avait emporté un sac de voyage, et pour l'instant, cela lui convenait.

Il atteignit la porte d'entrée avant elle, la trouva déverrouillée et entra. Il n'y avait personne à l'intérieur. Il se retourna vers elle et lui lança :

— Je suggère que nous parlions d'abord aux flics.

Elle acquiesça.

— Ça me va.

Mais au lieu de cela, il alla au chenil. Bien sûr, elle le suivit. Très rapidement, les quatre chiens furent conduits dans les enclos extérieurs. Après les grattouilles, les câlins et les bonjours bruyants, ils cherchèrent les policiers et contournèrent le hangar à fourrage.

Flynn observa un homme, debout dans le coin le plus éloigné, qui prenait des photos de l'ensemble de la propriété. Il le désigna à Anna.

— Deux voitures de police sont devant la maison. Il devrait y avoir au moins un autre homme dans les parages.

Avec un gros soupir, elle dit :

— C'est une grande propriété. Il doit être ici quelque part, à fouiller là où il ne devrait pas, très probablement.

— Vous voilà !

Flynn se retourna pour voir le deuxième agent sortir de la remise.

— Bonjour !

Le policier fit un signe de tête.

— Nous avons presque terminé. Mais pendant que nous travaillons, nous ne voulons pas que vous vous promeniez dans la propriété en dérangeant les choses.

À côté de Flynn, Anna poussa un soupir d'agacement. Il intervint avant qu'elle ne puisse dire quoi que ce soit.

— Nous sommes venus nous occuper des animaux. Nous essaierons de ne pas vous déranger.

Le policier acquiesça.

— Nous apprécions votre coopération.

— Je suppose que je peux aller à l'intérieur chercher des vêtements, etc. ? demanda Anna.

L'officier confirma.

— La maison, ça va. Ce n'est pas là que le meurtre a eu lieu.

— Où a-t-il été tué ? demanda Flynn.

Les flics les étudièrent en silence pendant un long moment, puis dirent :

— Derrière le hangar.

Anna glissa sa main dans celle de Flynn. Il serra ses doigts de manière rassurante et demanda :

— A-t-il été poignardé ?

— Nous n'avons pas de rapport d'autopsie, mais il semble que ce soit le cas d'après ce que nous avons vu. L'officier s'éloigna et dit : Bien sûr, vous savez que je ne suis pas autorisé à donner plus de détails sur cette affaire.

Il hocha sèchement la tête et retourna dans le hangar.

—À quoi est-ce qu'il peut bien passer tant de temps dans ce hangar ? demanda Anna alors qu'ils se détournaient. Espérons que nous n'aurons pas besoin de récupérer de nourriture pour chien aujourd'hui.

— J'ai rempli toutes les gamelles avant de partir.

— C'est bien. Ils n'en voleront pas, n'est-ce pas ?

Il rit.

— Je ne pense pas que ce soit un risque. Mais ils vont s'emparer de tout ce qui présente des preuves médico-légales, comme du sang. D'un autre côté, ils n'ont besoin que de l'emballage, pas des aliments qu'il contient.

Elle haussa les épaules avec philosophie.

— D'accord, occupons-nous des animaux !

Flynn fut surpris de voir à quel point il était facile de reprendre la routine qu'il avait quittée depuis plusieurs semaines. Ils avançaient dans les allées, nettoyant les cages, arrosant, nourrissant les animaux et changeant les gamelles. Heureusement, il n'y avait pas beaucoup de pensionnaires.

Ce fut alors qu'il se souvint des chats. Lorsqu'il s'approcha de la grande maison de jeu, ils étaient tous en train de roupiller. C'est ce qu'il aimait chez les chats. Le reste du monde pouvait aller au diable, ils resteraient couchés dans leur panier et diraient : « Oui ? Et qu'est-ce que ça a à voir avec moi ? »

Les bacs à litière, en revanche, représentaient un problème majeur. Il y en avait trois dans cette seule pièce. Il fallait les changer tous les matins. Il s'en occupa pendant qu'Anna remplissait les bols de nourriture d'un mélange d'aliments humides et de levure de bière dans une sorte de bouillon. Il savait que des nutriments y étaient ajoutés, et apparemment les chats s'en moquaient.

Au bruit que firent Anna et lui en entrant dans la pièce, ils se réveillèrent tous. Ils s'entortillèrent autour de ses jambes et agirent comme s'ils n'avaient pas mangé depuis au moins un mois. Il savait très bien ce qu'il en était. C'était leur routine quotidienne.

Il prit un matou roux dans ses bras pour le caresser. Le chat donna des coups de tête contre le menton de Flynn à plusieurs reprises, en ronronnant aussi fort qu'un camion Mack. Il ne faisait aucun doute que ce chat avait en quelque sorte ravi le cœur de Flynn. Mais il n'était pas fait pour avoir des animaux de compagnie. Il fit un bisou au chat, l'accompagna jusqu'à la nourriture et le déposa à côté du plat, là où il y avait un espace libre. Le ronronnement ne s'arrêta à aucun moment. Le chat commença à manger.

Cela fait, il suivit Anna dans la maison. Ils s'arrêtèrent et passèrent en revue la cuisine. Les choses étaient en désordre, mais il ne semblait pas manquer quoi que ce soit. La pièce était déjà très encombrée. Et une grande partie du bazar était liée aux animaux – laisses, colliers, et toutes sortes de sacs pour chiens et de friandises.

Il se dirigea vers la cafetière et regarda si elle avait du café dans le placard. Voyant qu'il y en avait plusieurs paquets, il ouvrit la cafetière, y plaça un filtre, ajouta de l'eau, puis du café, et plaça le pot en verre sous la cafetière pour récupérer la décoction. Il ne savait pas combien de temps ils resteraient ici, mais il supposa qu'il aurait le temps de boire une bonne tasse.

Lorsqu'il se retourna pour voir ce qu'elle faisait, il la trouva en train de trier une pile de courrier sur la table.

— C'est celui d'aujourd'hui ?

Elle secoua la tête.

— Non, ce sont des factures qui s'accumulent depuis un certain temps. Elles atteignent le troisième et dernier avis avant que je m'en occupe.

Il grimaça.

— Cela doit beaucoup te stresser.

— Oui, mais c'est la seule façon de survivre. Si je règle telle facture dès le premier avis, ça va entraîner un impayé ailleurs, et ça devient vraiment ingérable.

Cela expliquait aussi pourquoi il y avait rarement de la nourriture dans le réfrigérateur, les placards presque vides, et pourquoi elle était à la limite de la maigreur. Il devait y avoir un moyen de faire rentrer plus d'argent pour financer le refuge afin qu'elle puisse garder un peu de nourriture sur la table pour elle-même.

Il étudia ses vêtements. Ils semblaient avoir été portés pendant des années, et même ses chaussures étaient craquelées, on voyait sa chaussette à travers les coutures défaites. Il savait qu'elle était orgueilleuse, mais elle avait vraiment besoin d'aide. Il n'était pas sûr d'avoir grand-chose à offrir. Il n'était pas riche, son compte en banque ne laissait aucun doute.

Mais il connaissait beaucoup de gens. Il devait y avoir un moyen de faire connaître cet endroit. Sinon, elle devrait le fermer et trouver un autre moyen de gagner sa vie.

Il se rendit alors compte que ce n'était pas son moyen de subsistance. Pour ça, elle faisait toutes sortes d'autres jobs. Mais tout ce qu'elle gagnait servait à faire tourner cet endroit pour les animaux, et tous les dons étaient reversés au centre.

Mince ! Avec tous les flics ici, les dons allaient être inexistants à partir de maintenant.

Elle prit une enveloppe sans adresse de retour et fronça les sourcils. Elle l'ouvrit vivement et en sortit un chèque. Elle sursauta et se laissa tomber sur une chaise de la cuisine.

— Qu'est-ce qu'il y a ?

Il traversa la cuisine pour voir le chèque. Elle le tendit pour qu'il puisse lire.

C'était un chèque de 10 000 dollars.

Chapitre 6

SON ESPRIT SE mit à réfléchir aux conséquences d'un tel afflux d'argent. Le nombre de factures qu'elle pourrait payer, les réparations nécessaires qu'elle pourrait effectuer dans les refuges, la nourriture qu'elle pourrait réellement acheter pour ses protégés – en complément de ce qu'elle recevait gratuitement – et les médicaments dont elle avait besoin pour les animaux…

Un soupçon lui traversa l'esprit et elle eut du mal à s'en détacher. Elle étudia le chèque de plus près et dit :

— Je ne sais pas qui est Goldberg Holdings.

— C'est important ? demanda-t-il. C'est un sacré beau chèque.

Elle acquiesça.

— C'est marqué « don ». Je lui envoie un reçu tout de suite.

— Il serait plus prudent de voir si le chèque passe d'abord à la banque, déclara-t-il d'un ton sec.

Elle rit.

— N'est-ce pas ?

Elle mit le chèque de côté, l'excitation l'envahissant encore à l'idée de toutes les choses qu'elle pouvait réparer. Il resterait même assez d'argent à laisser à la banque pour les besoins futurs des autres animaux qui viendraient dans son petit refuge. Alors qu'elle mettait les factures de côté, elle trouva une autre enveloppe. Mais cette fois-ci, il n'y avait que son nom et son adresse. Elle la sortit et demanda :

— Qu'est-ce que c'est que ça ?

Il la regarda et dit :

— Aucune idée.

Il lui tendit la main et elle y déposa l'enveloppe. Il y avait là quelque chose dont elle ne voulait rien savoir.

— Je ne la veux que s'il y a plus d'argent à l'intérieur pour le refuge.

Il lui jeta un regard étrange et l'ouvrit. Il y avait quelque chose de petit à l'intérieur. Il le mit dans sa main et sursauta.

Elle leva les yeux vers son visage et vit qu'il s'était soudainement durci.

— Qu'est-ce qu'il y a ?

— Un insigne des SEAL, dit-il.

Il le posa sur la table avec l'enveloppe, sortit son téléphone et prit une photo.

Elle pensa que c'était pour Levi.

— Mais pourquoi quelqu'un m'enverrait-il ça ?

— Je soupçonne qu'il m'était destiné. Il posa le téléphone et étudia la petite pièce métallique : Je ne vois aucun indice dessus.

— Pourquoi ? Tu attendais peut-être que l'expéditeur signe ?

Il lui lança un coup d'œil.

— Ce serait bien, non ? Il regarda le timbre sur l'enveloppe : Elle a été postée à Houston.

— Mais il y a mon nom dessus. Pas le tien.

— C'est vrai, mais le seul homme que nous pensons impliqué dans cette affaire était aussi un SEAL. Pour autant que je sache, il vit dans la région.

Et elle se rendit compte qu'elle avait été très lente à

comprendre.

— Bien sûr, tu penses que c'est un avertissement de ton ami.

— Pas tout à fait, plutôt comme une déclaration du genre… « Je suis là. »

Elle soupira.

— Tu sais ? Ce serait vraiment bien si tu emportais tes inepties machistes loin d'ici.

— Il est trop tard pour cela. Un homme mort gisait dans ton hangar, ou as-tu oublié ?

Elle s'emporta et dit :

— Bien sûr que non, mais ce hibou a été laissé comme message pour moi !

— Je suis désolé. Il se rassit et se passa une main dans les cheveux : Je ne voulais pas m'en prendre à toi. Ce n'est pas ta faute.

— Je suis contente que tu t'en souviennes.

Elle sauta de la chaise et se dirigea vers la cafetière, où elle remplit deux tasses. Elle les rapporta et les posa sur la table.

— As-tu parcouru le reste du courrier ? Assurons-nous qu'il n'y a rien d'autre avant de passer quelques coups de fil !

— Il y a encore des lettres dans la pile. Elle les passa en revue : Électricité, eau, assurance, prospectus, prospectus, prospectus, à jeter. C'est tout.

Flynn décrocha à nouveau son téléphone et commença à passer des appels.

Reprenant le courrier, Anna ouvrit les factures et les empila sur le côté. Pour la première fois depuis longtemps, elles ne lui causeraient plus la même douleur qu'auparavant. Dix mille dollars feraient beaucoup de bien par ici. Plusieurs feuilles étaient des duplicatas. Elle les agrafa dans la pile, puis ramassa le reste du courrier indésirable et le jeta dans la poubelle de recyclage.

Lorsque Flynn eut fini de parler au téléphone, elle se tourna vers lui.

— Vas-tu en parler à la police ?

Il lui jeta un coup d'œil, alors qu'il était déjà en train de composer un nouveau numéro.

— Qu'est-ce que je lui dirais ?

Elle se mordit la lèvre en regardant l'insigne en métal.

— Je ne sais pas. Il y a juste quelque chose de… maléfique là-dedans.

Elle n'en voulait pas dans la maison. Mais elle ne voulait rien de tout cela.

— Tu leur as parlé de celui que tu soupçonnes d'être impliqué ?

Il secoua la tête immédiatement.

— Il n'en est pas question. Je n'ai aucune preuve. Et s'il n'a rien à voir avec ça, je ne veux pas ruiner sa vie une deuxième fois en envoyant la police fouiller chez lui.

Elle s'affaissa sur sa chaise et rapprocha son café.

— Je suppose que c'est logique. Mais ça craint vraiment. Quel gâchis !

— Peut-être. Concentre-toi sur ta chance ! Ce chèque aide à compenser en partie la menace de cet insigne.

Elle se leva à nouveau.

— Sur ce, je peux aller dans mon bureau et voir où ira l'argent. J'avais vraiment besoin de ce chèque. Alors merci beaucoup à la société Goldberg Holdings, quelle qu'elle soit !

Elle prit les papiers et sa tasse de café, et se dirigea vers son bureau à l'arrière de la maison. Elle ne savait pas si les flics avaient fouillé toute la maison, notamment son bureau, et s'ils avaient cherché dans ses finances ou autre. Si oui, ils avaient vu un bien triste spectacle. Tant pis. Elle se doutait qu'ils avaient le droit de faire ce qu'ils voulaient. Avec un cadavre retrouvé sur sa propriété, que pouvait-elle dire d'autre que « servez-vous de toutes les informations dont vous avez besoin ».

Elle n'avait même pas eu l'occasion de faire le deuil de Jonas. Non pas qu'elle l'ait bien connu ou beaucoup apprécié, mais c'était quelqu'un qui était mort, dont la vie avait été interrompue de manière inattendue. Et rien que pour cela, elle était très triste. Le fait que cela se soit passé chez elle était horrible.

Elle ajouta sa nouvelle liasse de factures à la pile existante et se mit à ranger son bureau. Rien de tel que d'avoir enfin de l'argent pour éponger les dettes pour changer complètement son point de vue sur l'entreprise. Elle passa en revue les piles de documents qui se trouvaient sur le grand bureau et décida de réorganiser ses étagères afin de faire de la place pour tout ce qui s'y trouvait. Elle s'attela rapidement à un travail d'organisation plus approfondi. Lorsqu'elle eut terminé, elle était prête à boire sa deuxième tasse de café.

Elle retourna à la cuisine, remplit sa tasse et retourna au bureau. Flynn était toujours au téléphone. C'était bien. Elle était occupée avec les problèmes de l'abri.

Anna afficha ses feuilles Excel et fit le compte de l'argent qu'elle devait. Elle pouvait effectuer un transfert de dépenses générales pour certaines d'entre elles et payer rapidement d'autres factures en ligne. Pour cela, il faudrait d'abord se rendre à la banque pour s'assurer que le chèque serait bien encaissé. Mais c'était la solution la plus sûre. Elle n'avait pas assez d'argent pour couvrir toutes ces factures si le chèque était sans provision.

Elle se leva d'un bond et se dirigea vers la cuisine.

— Je cours à la banque pour déposer ça.

Il leva les yeux vers elle.

— Bonne idée, mais tu n'iras pas seule. Je t'accompagne.

— Je veux partir maintenant, tout droit, aller et retour. Je veux payer toutes les factures.

Il sourit.

— Et tu as l'air enthousiaste pour la première fois.

— Oui, sans blague.

Elle prit ses clés et sortit par la porte, Flynn sur les talons.

Le voyage à la banque fut rapide et efficace. Le caissier lui assura que le chèque avait déjà été provisionné, qu'ils avaient vérifié le compte bancaire de l'expéditeur et que tout allait bien. Anna se retourna et adressa un grand sourire à Flynn.

— Dans ce cas, allons faire quelques courses !

Il rit.

— Nous ferons cela plus tard. Rentrons à la maison, occupons-nous du reste des choses à régler, comme de la police ! Ensuite, nous pourrons faire du shopping.

Elle acquiesça.

Quand ils arrivèrent chez elle, un policier se tenait au milieu de la cuisine, à sa recherche. Il fronça les sourcils et dit :

— Mais enfin, où étiez-vous ?

Elle recula devant son ton tranchant.

— J'ai dû déposer un chèque à la banque et payer quelques factures.

Cela sembla le calmer.

— Vous devez jeter un coup d'œil à quelque chose dans la remise.

— Bien, allons-y !

Ils se dirigèrent tous les trois vers le hangar. Heureusement, le cadavre avait disparu depuis longtemps. Il restait du sang sur le sol et sur quelques sacs de nourriture. Elle craignait de ne jamais pouvoir faire disparaître complètement la tache. Malgré cela, ces souvenirs pénibles resteraient toujours là.

Le policier pointa du doigt quelque chose sur le mur arrière de l'abri.

— C'est à vous ?

Elle se dirigea vers l'arrière et vit un vieux fusil appuyé contre le coin le plus éloigné. Elle fronça les sourcils.

— Je ne possède pas d'armes. Et à ma connaissance, ce fusil n'a jamais été ici. Elle se tourna vers Flynn : L'as-tu déjà vu ?

Flynn s'approcha, l'étudia et secoua la tête.

— Non, je ne me souviens pas l'avoir vu ici non plus.

— Vous en êtes tous les deux sûrs ?

Elle acquiesça et se tourna vers le policier.

— Vous devriez vous rappeler s'il était ici la nuit dernière. Personne ne l'a mentionné ?

— Non, il était caché sous de vieux manteaux et des couvertures, déclara l'agent. Il n'a pas été remarqué lors de la première inspection.

Elle recula et dit :

— Je suppose que vous l'emportez avec vous ?

Il acquiesça.

— Nous allons l'analyser.

— Tout ce que vous devez faire pour résoudre ce problème me convient.

Elle fit volte-face et sortit.

Si elle pouvait remplacer le hangar par un meilleur système de stockage, elle le ferait immédiatement. Elle ne pourrait plus jamais être à l'intérieur sans penser à Jonas.

— JE VAIS finir cette paperasse.

Il la regarda entrer dans son bureau. Il avait déjà vu cette pièce-là à maintes reprises. Il y avait des piles de factures et de reçus impayés un peu partout. Elle en faisait trop toute seule, comme d'habitude. Il la suivit et s'arrêta sur le seuil de la porte, stupéfait de voir à quel point elle avait déjà fait le ménage. Rien de tel qu'un afflux d'argent pour changer d'attitude. Il allait devoir remercier Goldberg Holdings pour son aide.

Elle pourrait être offensée si elle savait que c'était le père de Logan. D'un autre côté, elle n'avait aucune raison de l'apprendre. Gunner avait beaucoup d'argent. Et il aidait souvent les associations caritatives. S'il avait su à l'avance qu'elle en avait besoin, il l'aurait volontiers aidée. Il aimait beaucoup les animaux. Logan aussi.

Le téléphone de Flynn sonna. Il jeta un coup d'œil vers le bas et vit que c'était Levi. *Enfin.*

— Qu'est-ce qu'il y a ?

Flynn se détourna du bureau d'Anna et se dirigea vers la cuisine.

— Selon Gunner, Brendan vit chez son frère, n'a pas d'emploi, mais envoie des candidatures. Il semble s'efforcer de se refaire une vie. Il était très en colère mais s'est calmé depuis.

— Donc nous ne pensons pas que c'est lui ? J'aimerais quand même savoir où il était ces deux dernières semaines. N'importe où à Houston, c'est certainement assez proche pour être en alerte.

— J'ai bien compris. As-tu trouvé quelque chose d'autre

dans la maison qui pourrait le confondre ?

— Non, mais les flics viennent de remarquer un vieux fusil à l'arrière du hangar où se trouvait le corps, expliqua-t-il rapidement le peu qu'il savait. C'est un peu trop évident, vu qu'il n'était pas là avant. Si quelqu'un veut m'accuser, il faut que mes empreintes digitales soient sur la crosse.

— Ce qui n'est pas difficile à faire, comme tu le sais bien.

Son ton devint dur et tranchant.

— Je sais. Il fixa la fenêtre pendant un long moment : Mais c'est vraiment insensé. Je veux dire que c'est une longue période de rancune si c'est lui.

— Mais tu étais toi-même très en colère à cause de ce qui s'est passé et de la façon dont cela s'est passé. Il est beaucoup plus instable. S'il n'a toujours pas évacué sa colère, je le vois bien prendre le temps de trouver un moyen de se venger. Peut-être qu'il ne savait pas où te trouver et qu'il t'a vu par hasard en ville. Cela a pu raviver sa frustration.

— Cela expliquerait pourquoi il était vraiment furieux, puis a disparu et s'est à nouveau mis en colère. La vengeance est bien meilleure froide.

— En effet. Surveille tes arrières ! dit Levi.

— Oui, je le ferai. Levi…

Il hésita. Peut-être ne voulait-il pas connaître la réponse à la question suivante. Mais il était difficile de ne pas se demander si cela mettrait fin à sa carrière chez Legendary Security et de ne pas être inquiet.

— Qu'est-ce qu'il y a ?

— Cela t'empêchera-t-il de m'embaucher ?

— Je t'ai déjà engagé, tu te souviens ? En ce qui me concerne, cela ne m'a pas fait changer d'avis, mais nous devons en finir avec cette histoire pour te libérer et t'envoyer en mission. Il y a assez de travail ici pour une demi-douzaine d'hommes de plus. Je n'ai tout simplement pas besoin du bagage qui accompagne cette affaire.

Et Levi raccrocha.

C'était suffisant pour Flynn.

En sifflant d'aise, il se concentra sur la cuisine. Après avoir rapidement nettoyé le désordre causé par les agents, il s'occupa du reste de la maison. Lorsqu'il était venu ici auparavant en tant que garde du corps d'Anna, il avait été difficile de s'occuper, d'ignorer son envie d'avoir Anna à côté. Elle était devenue l'une de ces personnalités qui créaient une dépendance. Il savait ce qu'elle dirait, comment la faire réagir, et lorsqu'il obtenait la réponse attendue, il mettait le feu aux poudres.

Elle était passionnée dans tout ce qu'elle entreprenait, ce qui l'avait immédiatement amené à réfléchir à comment elle serait au lit. Un baiser n'était pas une déclaration. Mais c'était un sacré début. Maintenant, il y avait beaucoup plus à considérer. Il ne s'agissait pas seulement de savoir quand et comment poursuivre cette relation, mais aussi de ne pas laisser une seconde chance à celui qui essayait de ruiner sa vie. Sa sécurité devait être primordiale. Celui qui avait déjà tué un homme sans défense n'hésiterait probablement pas à tuer une femme. Et Flynn voulait que cela n'arrive jamais.

Chapitre 7

CELA PRIT PLUSIEURS heures, mais quand elle eut fini, elle se sentit tellement soulagée et heureuse qu'il lui était difficile de l'exprimer. Elle paya la toute dernière facture, nota le numéro de confirmation au dos du bordereau de dépôt, le découpa avec les factures et les classa. Elle éteignit son ordinateur, se leva et dansa dans son bureau. Elle était libre et sans dette, désormais. Elle avait investi chaque centime de son salaire dans cet endroit, et elle avait enfin un peu d'argent pour faire face à la situation.

C'était incroyable. Les factures avaient été réglées avec un peu moins de mille dollars. Comment se faisait-il qu'une si petite somme puisse faire une telle différence ? Mais c'était le cas. Maintenant qu'elle avait rattrapé son retard, elle pouvait engager quelqu'un pour réparer certaines portes des cages. Toutes sortes de petites choses devaient être accomplies. Elle devait trouver un bon artisan pour l'aider.

Elle avait bien quelqu'un en tête, mais elle devrait aussi appeler le vétérinaire pour savoir combien elle lui devait pour tout le travail qu'il faisait. La charité était utile, mais les gens ne pouvaient pas la pratiquer éternellement. À un moment donné, les gens appréciaient d'être payés.

Elle s'assit à nouveau, tourna sa chaise de manière à pouvoir contempler l'immense cour derrière sa maison et leva ses jambes pour les poser sur le rebord de la fenêtre.

Anna resta assise un long moment. Pour la première fois depuis longtemps, elle se sentait en paix et satisfaite. La route avait été longue pour en arriver là. Et elle devait certainement à Goldberg Holdings un énorme merci pour son retour au sommet, avec un peu de chance au moins pour une année entière. Elle avait probablement perdu son job de promenades de chiens avec la folie de ces deux derniers jours.

Et peut-être que c'était un tournant dans sa vie.

Elle ne le savait pas.

De plus, d'autres refuges étaient toujours à la recherche d'un endroit où transférer les animaux. Son centre ne pratiquait pas l'euthanasie, mais la plupart des refuges du Texas tuaient des milliers d'animaux par jour. Cela lui brisait le cœur.

Tant d'êtres humains et d'animaux se retrouvaient dans le besoin parce qu'il n'y avait pas assez de gens qui s'en souciaient. Et pour ceux qui s'en souciaient, tout le monde avait ses œuvres de charité préférées. Il en existait beaucoup de bonnes qui méritaient des dons, mais son petit refuge en avait besoin aussi. Elle était en concurrence avec des organisations caritatives plus importantes pour obtenir des fonds. Il était difficile de susciter l'attention dont elle avait besoin.

Elle pourrait peut-être se pencher à nouveau sur le marketing, en publiant une annonce en ligne par exemple. Même le simple fait que quelqu'un prenne les animaux dans ses bras pour leur montrer qu'ils ne sont pas totalement seuls serait une bonne chose, ce qu'elle pourrait faire en se rendant dans une maison de retraite ou un centre pour personnes âgées. Et cela aiderait aussi les humains. Les jours meilleurs, elle avait l'habitude d'emmener les chiens et les chats dans diverses animaleries le week-end. De nombreux animaux étaient ainsi adoptés. Mais ils étaient si nombreux et les besoins si grands que cela ne fonctionnait pas toujours.

Elle détestait ramener les animaux dans leurs cages. Ils avaient besoin de tellement plus que cet espace solitaire ! Mais au moins, ils étaient en sécurité pendant qu'elle leur trouvait un foyer. Et ici, ils avaient des enclos pour chiens et de la compagnie.

Pourtant, ce qu'elle faisait ici était à peine suffisant.

— C'est un visage plutôt déçu pour quelqu'un qui vient de recevoir dix mille dollars.

Elle sursauta à la voix et découvrit Flynn, appuyé contre le chambranle de la porte, une tasse de café à la main, qui la regardait fixement.

— Des décisions, des décisions, dit-elle. Jamais faciles.

— L'argent n'était pas suffisant pour couvrir ce dont tu avais besoin ?

— Oh, si ! Pour l'instant, c'est énorme, mais il faut réfléchir à long terme à ce que je dois faire, déclara-t-elle. Se contenter de boiter comme ça n'est pas une bonne solution. Je pourrais rester et continuer sur ma lancée. J'espère faire mieux que ce que j'ai fait jusqu'à présent.

— Avec de l'argent ou du temps ?

— Les deux. Elle se leva et se dirigea vers lui : La police est toujours là ?

Il acquiesça.

— Mais on dirait qu'ils sont en train de plier bagage.

— Génial ! Elle sourit en jetant un coup d'œil au bureau : Les choses peuvent revenir à la normale.

— Quoi que cela signifie, compte tenu de ce qui s'est passé.

Elle prit une grande inspiration.

— Je me pose aussi la question de vendre la propriété et de déménager le refuge.

— Pourquoi ferais-tu cela ?

Son ton était tout sauf joyeux.

— Le meurtre pour commencer ! s'exclama-t-elle. Combien de personnes vont donner de l'argent après cela ?

— Mais quelqu'un vient de le faire.

— Non, le chèque a été envoyé avant que cela n'arrive. Il y a de grands risques qu'il n'y en ait pas d'autres à l'avenir. Elle se tourna pour regarder par la fenêtre : C'est une grande propriété, et les prix de l'immobilier ont beaucoup augmenté au fur et à mesure que la ville grandissait autour de moi. Je pourrais vendre.

— Et faire quoi ?

Ses épaules s'affaissèrent.

— Bien sûr, c'est le problème, parce que je ne sais pas vraiment quoi faire d'autre. C'est là que se trouve mon cœur.

— Alors attends pour voir ! Tu n'as pas à te décider aujourd'hui, ni cette semaine, ni ce mois-ci. Tu as le temps. Tout cela va se calmer. Et les choses finiront par revenir à la normale.

Elle se tourna pour regarder son visage. Puis elle posa la question qui lui trottait dans la tête.

— Tu crois qu'il a fini ?

Flynn ne fit pas semblant de ne pas comprendre.

— Il n'y a aucun moyen de le savoir. Malheureusement.

— Tu penses que cela pourrait être lié à un problème que tu as eu dans l'armée ?

— Peut-être. Mais il n'y a aucun moyen de le savoir non plus, dit-il simplement.

Elle acquiesça.

— N'est-ce pas ironique que Levi t'ait envoyé à la rescousse à cause d'un problème avec Katina, et que tu amènes le tien ici à la place ?

Il y eut un silence, plus long qu'elle ne s'y attendait. Elle lui jeta un regard perçant.

— Je ne t'en veux pas.

— Je m'en veux, moi.

Il tourna les talons et retourna dans la cuisine.

Bon, ce n'était pas son meilleur moment. Pas étonnant qu'il le prenne comme ça. Peut-être qu'elle avait voulu qu'il réagisse ainsi. Le repousser un peu plus. Mais elle n'aimait vraiment pas ce qui arrivait à son refuge. Bien que ce travail lui tienne à cœur, elle n'était pas sûre que son avenir se trouve ici.

Elle se retourna et regarda les animaux, réalisant que jusqu'ici, lorsqu'elle était contrariée et mécontente, que son monde basculait, les animaux la ramenaient à l'équilibre. Et elle avait besoin de faire ce qu'elle faisait le mieux. Elle descendit passer un peu de temps avec eux.

— NON, JE ne lui ai rien dit, dit Flynn à Levi, en se dirigeant vers l'autre côté du salon et en regardant par la fenêtre.

Les policiers chargeaient le reste de leur matériel dans leurs voitures. C'était bien qu'ils aient fini. Pas qu'ils partent. La présence de la police était très dissuasive.

— Fais croire que tu pars ! S'il y a une autre attaque, nous pensons qu'elle aura lieu alors qu'elle sera seule.

Flynn était d'accord. Cela signifiait qu'il devrait rester à l'intérieur, loin des fenêtres et des regards indiscrets.

— Ça risque encore de l'énerver.

— Tant pis si elle s'énerve. Elle n'est pas en sécurité. Je t'ai envoyé ici, et nous avons amené ce problème à sa porte. Nous devons régler ça.

— Gunner a-t-il des idées ?

— Beaucoup. Il recherche Brendan. Mais pour l'instant, son frère ne sait pas où il était aujourd'hui, ni hier.

— En effet. Flynn fronça les sourcils : C'est une motivation bien mince de penser qu'il va venir me chercher après tout ce temps.

— Je sais.

Le ton de Levi se durcit.

— Es-tu sûr de nous avoir tout dit sur ton implication dans le départ de Brendan de l'armée ?

— Je n'ai rien à voir avec son départ. J'ai été mis à la porte parce que je n'ai pas suivi les ordres qu'on m'avait donnés. Brendan était là-bas au même moment, mais je ne sais pas ce qui s'est passé.

— Était-il avec toi ?

— Je ne sais pas exactement comment tout cela s'est déroulé. Brendan m'a transmis un message pour me faire revenir à la base. J'ai refusé parce que j'étais occupé à aider les villageois. Je n'ai aucune idée de ce que Brendan a dit au commandant. À l'époque, Brendan était très rancunier parce qu'il pensait que je l'avais fait expulser. Je savais que j'étais seul responsable et je m'en accommodais. Mais j'ai parlé au commandant et je lui ai expliqué que Brendan n'avait rien à voir avec le fait que je désobéisse aux ordres. Je ne sais pas pourquoi il a été mis à la porte.

— Bon. Peut-être que je peux poser des questions à quelqu'un à ce sujet, dit Levi d'une voix éteinte. J'ai une mission pour laquelle j'ai besoin de toi. Maintenant, je me demande s'il ne serait pas plus sûr de vous y envoyer tous les deux pour qu'Anna s'absente un peu des environs.

— Et les animaux ?

— Logan a dit qu'il serait heureux de se porter volontaire pour rester ici et s'occuper d'eux.

— Et s'il est attaqué à la place ?

— Logan serait préparé. Il ne viendrait pas seul, et il a une formation militaire. Comme nous tous.

Devant l'absence de réaction de Flynn, Kevi ajouta :

— Je sais. Je ne fais que lancer des idées. Je cherche la meilleure façon d'avancer.

— C'est à moi d'affronter Brendan.

— Bonne remarque. Mais cela n'arrivera pas. Comme il l'a déjà démontré.

— Une chose que je me demande cependant, répliqua Flynn, ce que faisait Jonas ici ? Il changea de position pour s'assurer qu'Anna n'entendait pas : Je comprends bien qu'il était probablement au mauvais endroit au mauvais moment. Mais quelle était la raison de sa présence ? Et y a-t-il quelque chose qui a poussé le tueur à le choisir ? J'avais vu Jonas deux fois pendant que j'étais ici, mais Anna m'a dit qu'elle ne l'avait pas vu du tout ce jour-là. Que faisait-il la nuit sur sa propriété ?

— Tu penses qu'il était entré par effraction ?

— Je n'ai aucune idée de ce qu'il essayait de faire ni de l'idée qu'il avait derrière la tête. Je comprends qu'il en avait après Anna. Mais elle ne l'avait pas encouragé, alors s'il était là pour… Les voisins ont une caméra de surveillance, mais celle d'Anna était éteinte.

Le ton de Levi devint professionnel.

— À l'est ou à l'ouest ?

Flynn soupira.

— Je ne peux pas garantir qu'elle montre quoi que ce soit.

— Mais nous ne pouvons pas écarter cette possibilité tant que nous ne l'avons pas vue.

Après l'appel téléphonique, Flynn fit le tour de la maison

pour voir ce que le système de sécurité avait pu filmer. Il était dirigé vers l'espace entre les deux propriétés. Mais compte tenu de l'angle, il aurait très bien pu montrer l'activité à l'arrière de la maison. Les abris pour animaux se trouvaient au centre, tandis que les enclos pour chiens étaient sur les côtés. Mais le hangar pouvait se trouver dans l'angle de vue.

Tandis qu'il retournait vers la cuisine, son téléphone sonna. Levi le rappelait.

— La police dit qu'elle a vu l'enregistrement et qu'il n'y avait rien.

— J'étais juste en train de vérifier l'angle.

— Stone est en train de sonner le rassemblement. Je te rappelle dans quelques minutes.

Flynn se rendit dans la cuisine et vérifia une fois de plus le réfrigérateur et tous les placards vides. Il entra dans le bureau et constata qu'Anna n'était plus là. Par la fenêtre, il la vit dans la cour, travaillant avec les animaux. Pendant qu'il regardait, les chiens sautaient et gambadaient tandis qu'elle lançait des balles et ramassait des bâtons, qu'elle les câlinait et jouait avec eux. Cela aurait dû être un travail à plein temps pour elle. Cela ne faisait aucun doute. Mais il comprenait qu'elle ne veuille pas rester ici.

Il se demandait si une conversation calme avec Gunner ferait une différence. Logan s'était déjà fait une idée claire en ce qui concernait Anna. Le refuge était-il quelque chose qu'ils pouvaient réellement aider à long terme ?

Ce dont elle avait besoin, c'étaient de quelques grands bienfaiteurs pour continuer à faire prospérer le refuge pour animaux. Et pour trouver d'autres endroits où accueillir ces animaux. Et cela risquait de prendre un certain temps. Mais si quelques personnes soutenaient financièrement l'endroit, cela contribuerait grandement à donner de la crédibilité au refuge. Tout ce qu'il avait à faire, c'était d'en parler à quelques amis, qui en parleraient à d'autres, qui en parleraient encore à d'autres. Il le nota mentalement sur sa liste de choses à faire. Il avait passé pas mal de temps dans la maison de Logan avec sa famille, il connaissait leur amour pour les animaux et leur vaste réseau parmi la famille, les amis, les voisins et les hommes d'affaires. Il commencerait par là.

Le Texas avait un énorme problème concernant les animaux, et si Anna pouvait apporter sa contribution pour le résoudre, il voulait l'aider. Tout le monde devait avoir des objectifs ambitieux.

Le sien était de devenir un membre important de la société de Levi. Et de faire ce qu'il aimait. Bien qu'il soit ici, sa relation avec Legendary Security était pour le moins mitigée. Ce n'était pas vraiment le début de la bonne relation de travail qu'il avait espérée. D'un autre côté, Levi avait fait un grand pas en avant.

Et Flynn l'appréciait d'autant plus.

Flynn reporta son attention sur Anna et décida qu'il était temps qu'ils sortent pour manger. Ensuite, ils pourraient aller faire des courses. Il sortit et se dirigea vers elle.

Au moment où il pénétra dans l'enclos, il entendit un bruit qu'il n'oublierait jamais. Il se jeta sur Anna et les précipita tous les deux au sol.

Chapitre 8

— QU'EST-CE QUE c'est que ça ?

Anna roula sur le dos, les chiens autour d'eux aboyant et jappant. Les deux petits essayèrent de lui lécher le visage. Elle ne savait pas exactement ce qui venait de se passer, mais Flynn était occupé à la traîner derrière le côté de l'abri. Les chiens suivaient, sautant, pensant que c'était un jeu. Elle le regarda avec confusion.

— Qu'est-ce que c'était que ça ?

— Je pense que quelqu'un nous a tiré dessus, dit-il dans un murmure dur. Un sniper.

Elle le regarda avec stupeur.

— Qui fait ça ?! Qui vit comme ça ?!

Il lui jeta un regard ironique et lui dit :

— Moi. Nous tous. Aucun d'entre nous n'a l'intention de recommencer maintenant.

Elle le regarda passer rapidement un appel. Elle se demanda si quelqu'un d'autre avait remarqué ce bruit. Elle avait entendu une déflagration, mais plutôt faible. Pour ce qu'elle en savait, cela ressemblait à une branche qui se serait détachée d'un arbre ou quelque chose comme ça. Le fait qu'il ait reconnu un tir de sniper silencieux en disait long sur son passé.

Elle ne comprenait pas pourquoi quelqu'un leur avait tiré dessus, mais pendant que Flynn parlait à Levi, elle devait mettre tous les chiens en sécurité. C'était probablement sans importance maintenant. Si quelqu'un avait réellement tiré le premier coup de feu pour tuer, il y avait de fortes chances qu'il ait pu abattre n'importe lequel des chiens assez facilement. Le fait qu'elle se cachait maintenant derrière le hangar où Jonas avait été trouvé la dérangeait également.

S'agissait-il du même tueur ? Et comment allait-elle se sortir de là ? Non seulement cela n'avait rien à voir avec elle, mais quelqu'un en avait fait son combat. Et là, c'était une tout autre histoire.

— Entendu. Flynn se tourna vers elle : C'était Levi. Ils sont toujours en train de surveiller la maison du voisin, ils cherchent quelque chose.

— Je doute qu'ils trouvent grand-chose.

Il acquiesça et jeta un coup d'œil autour du hangar.

— S'il y a la moindre chance que tu restes ici, pense à améliorer ton système de sécurité ! Je peux faire fonctionner celui-ci, mais tu auras besoin de bien plus que ce que tu as.

— *J'ai* besoin ? Tu veux dire, *tu as* besoin. Cette ordure en as après toi.

— Mais il s'en est pris à ta maison. À tes animaux. À ton ami.

Elle grimaça.

— Pas vraiment un ami, mais bon, je n'avais pas vraiment vu les choses sous cet angle.

— Tu devrais pourtant. Nous sommes dans le même bateau maintenant.

— Nous y sommes depuis le début, marmonna-t-elle. Comment vais-je retrouver ma vie ?

Il se tourna vers elle, étudia son visage pendant un moment, puis se pencha, attrapa son menton, le leva et l'embrassa.

— Nous trouverons une solution. Ça aussi, ça passera. En attendant, nous devons attraper ce bâtard. Ensuite, nous ferons en sorte que tu aies une maison soit plus grande et confortable. Où que tu choisisses qu'elle soit.

Elle le regarda avec étonnement. C'était le baiser numéro deux. Il était loin d'être aussi excitant que le premier, mais les mots qui l'accompagnaient étaient tellement plus rassurants ! Elle attendait que quelque chose d'autre se produise à l'extérieur. Le silence autour d'eux crépitait. Aucun oiseau ne gazouillait, même les chiens n'aboyaient pas. En fait, ils s'étaient tous couchés à côté d'elle, la regardant comme pour lui demander : « Qu'est-ce qui se passe ? »

Elle savait que ce n'était pas le bon moment, mais à cause de ce baiser, elle ne pouvait pas résister.

— Ça veut dire que tu restes ?

— Oui.

Son regard brillant se tourna vers elle, étudia son visage, et il sourit.

Ce n'était pas tout à fait la réponse qu'elle attendait. Mais à quoi s'attendait-elle ? À une déclaration selon laquelle il ne pouvait pas vivre loin d'elle ou quelque chose d'autre sorti d'un roman à l'eau de rose ? C'était peu probable. Elle devait garder les pieds sur terre.

— Combien de temps pour réparer le système de sécurité ?

— Je m'en occuperai avant d'aller me coucher.

Elle savait qu'il fouillait les moindres recoins de l'endroit, à la recherche du tireur. Mais il n'avait pas de jumelles.

— Pourquoi le vieux fusil était-il dans la remise ? se demande-t-elle à voix haute. Cela n'a vraiment aucun sens.

— Il y a tant de choses qui n'en ont pas dans la vie. Il y a de fortes chances qu'il ait réussi à prélever mes empreintes sur quelque chose et à les apposer sur le fusil.

— C'est donc cette arme qui a tué Jonas ?

— C'est ce que j'aurais fait si j'avais mis le meurtre sur le dos de quelqu'un d'autre. Bien sûr, c'est un peu trop appuyé de placer l'arme du crime dans le hangar où la victime a été trouvée. Il faut qu'elle ait l'air d'avoir été cachée, mais pas trop pour que la police puisse la trouver. Mais cela ne leur a pas vraiment demandé un gros effort.

— C'est un peu effrayant de t'entendre parler comme ça.

— Ne t'inquiète pas. Je n'ai jamais tué personne sans raison.

Il partit brusquement et courut jusqu'à l'autre côté de l'abri, lui intimant à voix basse :

— Ne bouge pas !

Elle ramena ses genoux contre sa poitrine et les entoura de ses bras, se mettant en boule autant qu'elle le pouvait. Elle était loin d'être bien cachée. Elle était le long de l'abri, là où se trouvait la clôture. Mais elle était certainement visible de ce côté-ci. L'un des chiens s'approcha et gémit. Elle l'entoura de ses bras et l'attira sur ses genoux. Le moins qu'elle puisse faire, c'était de le rassurer.

Elle pensait avoir trouvé une famille pour ces deux petits chiens – un couple âgé dont les enfants avaient quitté la maison, les laissant dans une situation de parents sans enfants. Elle avait mis sur sa liste de tâches de les appeler pour vérifier s'ils étaient toujours intéressés. Les deux chiens étaient en bonne santé et jeunes, et avaient encore de belles années devant eux. Ils n'auraient pas dû se trouver dans une zone de guerre, comme celle dans laquelle elle vivait actuellement. Elle se promit de les appeler dès son retour dans la maison.

Elle jeta un coup d'œil aux deux plus gros chiens. Ils étaient décidément beaucoup plus difficiles à placer. C'était dommage. Beaucoup de gens voulaient un gros chien, mais lorsque le chiot grandissait, les propriétaires se rendaient compte que ce n'était plus très amusant et que cela représentait beaucoup de travail et de dépenses. C'était la fin pour tant d'animaux ! Ils étaient abandonnés dans des refuges, chassés de chez eux ou même laissés sur le bord de l'autoroute. C'était triste de voir ce que les bêtes subissaient de la part de leurs propriétaires. Certains humains ne méritaient tout simplement pas d'avoir des animaux de compagnie.

Les minutes s'allongeaient. Elle continuait à se distraire en pensant aux animaux et en cherchant des idées pour trouver un éventuel foyer aux deux mâles. Plus Flynn tardait à revenir, plus elle avait du mal à ne pas penser à lui et à ce qu'il pouvait bien faire.

Lorsqu'une branche d'arbre craqua tout près d'elle, elle se figea. Instantanément, les deux plus gros chiens se levèrent d'un bond et aboyèrent. Les plus petits s'approchèrent d'elle. Elle jeta un coup d'œil autour d'elle, mais n'avait pas vraiment d'endroit où s'enfuir. Elle pouvait courir jusqu'au côté de l'abri et continuer à attendre, mais ce n'était pas vraiment une solution.

Et soudain, Flynn apparut.

— Désolé si je t'ai fait peur, dit-il.

Elle se leva d'un bond et s'écria :

— Bien sûr que tu m'as fait peur ! Tu es parti sans rien me dire, puis tu es resté si longtemps sans revenir, seulement pour casser une branche avant de surgir de derrière un arbre et nous terrifier tous.

Il la dévisagea, puis la repoussa contre l'abri et la couvrit de son corps.

— Où tu as entendu la branche casser ?

Elle désigna sans mot dire le coin arrière du bâtiment.

Il rampa jusqu'à l'autre côté et jeta un coup d'œil à l'angle. Puis il disparut à nouveau.

Elle commençait à en avoir assez qu'il fasse cela.

Lorsqu'il s'approcha de la même façon que la première fois, elle poussa un soupir de soulagement.

— Il n'y a rien, dit-il.

— Et le sniper ?

— Aucun signe de lui.

—Évidemment. Elle se passa la main dans les cheveux et regarda les animaux : Je ne suis pas sûre de vouloir les laisser ici.

— Veux-tu les amener dans la maison ?

— Seront-ils plus en sécurité ?

Elle le regarda, puis regarda les quatre chiens. C'était un précédent qu'elle avait évité.

— Je voudrais rentrer et appeler quelqu'un à qui j'ai pensé pour les deux petits.

— Alors rentrons-les à l'intérieur !

Alors qu'il tenait en laisse les deux plus gros chiens, elle prit les plus petits et ils se dirigèrent rapidement vers l'arrière de la maison. Elle entra, posa les chiens et lui fit signe de fermer la porte pour qu'ils ne s'enfuient pas. Les quadrupèdes se mirent à explorer les lieux.

Elle se retourna et regarda autour d'elle.

— Je ne me sens plus chez moi.

— Chaque fois que quelqu'un entre par effraction, c'est une violation qui vous touche au plus profond de vous-même, déclara-t-il.

— LEVI A suggéré que tu m'accompagnes. Il veut que je me rende dans un autre coin du Texas pour suivre certaines enquêtes. Il a suggéré que ce serait une bonne occasion pour toi de partir d'ici.

Elle se tourna vers lui.

— Mais je ne peux pas laisser les animaux seuls !

— Logan a dit qu'il resterait.

— Et en quoi cela vous aidera-t-il ?

— Ce n'est qu'une des nombreuses options que nous ayons envisagées. Une autre était que je parte, mais qu'en fait, je me faufile à l'intérieur pour aider à surveiller l'endroit, ce qui donnerait au tueur une chance d'entrer, pensant que tu étais seule. Mais tous les efforts que nous faisons pour le faire sortir ne seront pas forcément couronnés de succès.

— Pour moi, c'est l'échec assuré. C'est moi qui risque d'être blessée.

Il secoua la tête.

— Je ne le permettrai pas.

Elle soupira.

— Mais ce type est déjà venu ici et a tué Jonas.

— Et cela soulève une autre question. Une idée de la raison pour laquelle Jonas était ici ?

Elle s'effondra sur la chaise de la cuisine.

— Je n'en ai aucune idée. J'aimerais le savoir. D'après ce que j'imagine, Jonas travaillait avec ce type.

Flynn se dirigea vers la fenêtre. Il se retourna et la fixa.

— Est-ce probable ? Avait-il des amis ?

— Je pense qu'il en avait quelques-uns. Mais il parlait toujours de ce type et de la façon dont ils allaient tous les deux marquer de gros points. Ensuite, Jonas pourrait donner sa part de l'argent pour aider les animaux.

— Quoi ?! Dis-m'en plus ! Attends… Il sortit son téléphone et appela Levi : Attends, Anna a quelque chose à nous apprendre !

Il mit le haut-parleur, posa le téléphone sur la table et dit :

— Vas-y, Anna !

— Je disais à Flynn que Jonas avait rencontré un type, qu'ils avaient fait un gros coup ensemble et que quand Jonas aurait beaucoup d'argent, il donnerait un coup de main chez moi. Je me demandais si Jonas et le tueur avaient travaillé ensemble.

— T'a-t-il donné une description ou un moyen d'identifier cet homme ? demanda Levi.

— Non, pas vraiment. Il a juste mentionné qu'il l'avait rencontré au centre.

— Quel centre ?

— C'est une sorte de centre communautaire où les gens aident les chômeurs à trouver un emploi ou les retraités à occuper leur temps libre en faisant du bénévolat. C'est un de ces lieux humanitaires où l'on peut agir pour la bonne cause.

— Son nom ?

— Je ne sais pas exactement. « Back on Your Feet » ou quelque chose du genre.

Sa voix s'éteignit. Elle haussa les épaules devant Flynn.

— Je ne me souviens pas.

— Ne t'inquiète pas ! dit Levi. Nous trouverons. Nous savons que Brendan faisait du bénévolat. Son frère en était particulièrement content.

Il y eut une pause au téléphone, comme si Levi prenait des notes. Ils pouvaient entendre des grattements sur le papier.

— Je vais l'appeler rapidement. Il pourrait même con-naître le nom du centre. Bon travail, Anna ! Si tu te souviens d'autre chose, fais-le-nous savoir !

Et il raccrocha.

Elle jeta un coup d'œil à Flynn.

—Il est toujours comme ça ? Aussi brusque ?

— Quand il s'agit d'affaires, oui. Penses-tu que la mère de Jonas connaîtrait le nom de l'endroit ?

— Non, je ne crois pas. Il m'a dit qu'il avait une entrée séparée en bas et que sa mère habitait en haut. Comme si, d'une manière ou d'une autre, c'était différent de vivre chez sa mère.

Flynn saisit son téléphone et envoya un message.

— Je vais juste prévenir Levi. Je doute que nous soyons autorisés à entrer dans le logement de Jonas, mais la police devrait déjà l'avoir examiné.

— On peut aller demander à sa mère, dit-elle lentement. Je peux inventer une excuse. Je ne sais pas, peut-être qu'il avait des photos ou quelque chose qui m'appartenait.

Il l'étudia attentivement pendant un long moment, puis acquiesça.

— Ce n'est pas une mauvaise idée.

Il envoya un autre message à Levi pour lui donner des nouvelles. Puis il se tourna vers elle et lui demanda :

— Et les chiens ? On les laisse à l'intérieur ou les fait sortir ?

— Je préfère les laisser dedans.

— C'est une bonne idée. Prends ta veste ! Nous nous arrêterons chez Jonas pour voir si nous pouvons entrer et jeter un coup d'œil. Ensuite, nous irons à l'épicerie ou nous prendrons d'abord un repas. Cela fait des heures que je meurs de faim.

Chapitre 9

CHEZ LA MÈRE de Jonas, Anna se dirigea, clés en main, vers les pièces à vivre du rez-de-chaussée, en saluant Flynn d'un signe de tête.

— Elle s'appelle Evelyn, annonça Anna. Elle ne voit pas d'inconvénient à ce qu'on jette un coup d'œil. Elle a du mal à accepter ce qui s'est passé. Elle apprécie que quelqu'un vienne la voir.

Anna en était vraiment triste. La rencontre avait déjà été difficile. C'était pathétique combien Evelyn avait été reconnaissante que quelqu'un s'intéresse suffisamment à elle pour passer la voir.

— Elle a dit que Jonas avait toujours été très bizarre, mais que ces dernières semaines, cela a semblé empiré un peu. Elle se demandait s'il se droguait.

— Avait-il des antécédents ?

Anna acquiesça.

— C'était un utilisateur régulier, je crois. Il m'en a proposé à un moment donné. Elle haussa les épaules : Cela faisait partie de sa personnalité.

Elle déverrouilla la porte de la suite du rez-de-chaussée et la poussa. Et se figea. L'endroit avait été saccagé. Tout était renversé et sens dessus dessous.

— Oh, mon Dieu !

Flynn entra derrière elle et ferma la porte. Il sortit à nouveau son téléphone et appela Levi.

— Nous sommes chez Jonas. Ça a été saccagé chez lui. Je ne sais pas si quelqu'un cherchait quelque chose, mais ce sera sacrément difficile de trouver quoi maintenant.

Anna le laissa sur place et se dirigea vers la cuisine. Elle n'était pas aussi dévastée que le salon. Cependant, c'était vraiment en désordre, avec de la nourriture partout. Elle s'étonna. Les gens vivaient-ils vraiment comme ça ? Evelyn le savait-elle ? Ce ne serait pas facile de tout nettoyer. Des restes de plats à emporter, des tasses de café – vides ou pas, provenant de différents cafés – jonchaient la table. Il y avait assez de boîtes à pizza pour nourrir plusieurs hommes. Pendant quelques jours.

Poursuivant sa route, elle poussa la porte de la chambre principale avec sa botte. L'intérieur était en désordre, mais pas autant que le salon. Les vêtements étaient en vrac sur les étagères de l'armoire ouverte, mais au moins ils n'étaient pas sur le sol. Son attention se porta alors sur le lit. Instantanément, elle appela :

— Flynn, viens ici !

Comme elle n'entendait pas ses pas, elle retourna dans le salon jusqu'à Flynn, qui se tenait au milieu de la pièce, toujours en train de parler au téléphone, et elle lui fit signe de la suivre.

— Levi, je te rappelle. Il mit fin à l'appel et demanda : Quoi de neuf ?

Elle montra la chambre à coucher.

Il entra, jeta un coup d'œil autour de lui et ses yeux se posèrent sur le lit.

— Oh !

— Quelqu'un est resté ici avec Jonas, d'après ce qu'il semble. Quelle est la probabilité que ce soit le tueur ?

— Vu le désordre, je n'aurais pas cru. Mais maintenant que je vois ce lit… fait dans le style militaire et sacrément propre en comparaison… Il se retourna pour la regarder. Jonas avait-il une formation militaire ?

Elle secoua la tête.

— Aucune idée.

— Cela ne correspond pas au reste de son lieu de vie. Il se tourna vers la cuisine.

Elle désigna les tasses de café.

— Outre le fait que la personne qui était ici n'était pas une femme de ménage, les tasses vont par deux. Et il n'y a pas seulement une paire, mais trois sur la table.

— Donc Jonas et quelqu'un d'autre.

— Sauf si Jonas était déjà mort et que nous en recherchons deux autres. Mais il pourrait s'agir de l'homme dont Jonas parlait.

— Espérons que la police a prélevé des empreintes digitales dans cet endroit.

Mais il regarda autour de lui et ne vit aucune trace de la présence d'une équipe médico-légale sur la scène de crime. Cela n'avait aucun sens pour lui. Il envoya rapidement un message à Levi pour lui expliquer ce qu'ils avaient trouvé. Il prit plusieurs photos et les transmit.

— Nous devons découvrir pourquoi ça n'a pas été fouillé.

— Je peux demander à sa mère.

Elle retourna à la porte d'entrée et se dirigea vers l'étage. Elle frappa à nouveau à la porte et vit la mère de Jonas.

— Voici les clés ! Je promets de fermer la porte quand nous partirons. Mais je me demandais, la police n'est pas encore venue ?

— Si, dit-elle. Ils l'ont fait. Ils sont venus et ont relevé les empreintes digitales de sa chambre et de tout ce qui se trouve ici.

— Ici ? Je croyais que Jonas vivait en bas.

— Jonas vivait en bas *avant*, corrigea sa mère. Mais plus depuis quelques semaines. Il avait un ami en bas de temps en temps, qui aimait être seul autant que possible, alors Jonas a commencé à dormir à l'étage la plupart du temps. Je n'ai vu ni entendu personne depuis des jours. Les larmes lui montèrent à nouveau aux yeux : Tout est si confus maintenant. Je ne sais pas qui c'était. Mais quand j'ai dit à la police qu'un autre homme vivait en bas, ils n'ont pas semblé très intéressés. Ils ont noté l'information mais voulaient voir la chambre de Jonas ici.

— Ça vous dérange si je jette un coup d'œil aussi ?

Anna sortit son téléphone et envoya rapidement un message à Flynn, lui disant de monter à l'étage et de la rejoindre.

À la porte de la chambre de Jonas, sa mère lui dit :

— Vous pouvez regarder, mais ne prenez rien.

— Bien sûr que non, dit Anna en souriant. Je suis sûre que vous voulez garder ses affaires.

Sa mère secoua la tête.

— Je n'ai aucune idée de ce que je vais faire.

Anna n'était pas sûre de devoir avertir Evelyn de l'état des pièces du rez-de-chaussée. Tant que tout cela faisait partie d'une scène de crime, elle ne pensait pas pouvoir faire quoi que ce soit pour l'instant. D'ailleurs, la police ne semblait pas penser que l'appartement du bas présentait un intérêt pour qui que ce soit. Elle ouvrit la porte de la chambre de Jonas et entra.

C'était comme une distorsion temporelle. Des affiches de *Retour vers le futur* étaient accrochées au mur. Ce qui ressemblait à des récompenses et des souvenirs du lycée se trouvait sur toutes les étagères.

Au son de voix, elle se retourna pour voir Flynn discuter avec la mère de Jonas devant la porte. Il entra en souriant à Anna.

— As-tu trouvé quelque chose ?

Vérifiant que la mère de Jonas était bien au bout du couloir, Anna dit :

— C'est encore une chambre d'ado.

Flynn s'arrêta, jeta un coup d'œil autour de lui et acquiesça.

— Retard de croissance ?

— Il était immature à bien des égards. Mais à quel point était-ce dû au fait qu'il était toujours sous l'emprise de la drogue ? Elle ouvrit les bras : Enfin, tout ceci explique un peu la situation. Peut-être qu'il souffrait d'une maladie mentale et qu'il n'a jamais vraiment mûri au-delà d'un certain point.

— Ou bien c'est son monde avant la drogue. Et l'appartement en bas, c'est son monde d'après. Il fit un signe de tête vers le bureau qui était parfaitement propre : Pense à l'appartement du bas ! Souvent, la drogue n'affecte pas les gens de cette manière, mais lorsqu'elle devient le facteur dominant dans la vie de quelqu'un, au point qu'il est dépendant et se retrouve inadapté pour la vie sociale, souvent son environnement n'a plus d'importance. Ce qui compte, c'est d'obtenir la prochaine dose.

— Il avait peut-être atteint ce stade, mais je n'en suis pas sûre, murmura-t-elle à voix basse.

Elle ne voulait surtout pas que la mère de Jonas les entende. C'était déjà assez difficile sans savoir combien son fils était tombé bas.

Elle se dirigea vers la table de nuit et ouvrit le tiroir. Elle n'avait aucun espoir de trouver quoi que ce soit d'important, pas après le passage de la police. Le tiroir était vide. L'étagère en dessous aussi. Elle se mit à quatre pattes et vérifia sous le lit. En dehors des moutons de poussière, il n'y avait rien. Elle ne savait pas vraiment ce qu'elle cherchait, juste quelque chose qui l'aiderait à identifier la nouvelle personne qui vivait en bas. Mais alors, pourquoi cette information se trouverait-elle ici ? Elle se força tout de même à faire le tour des lieux et vérifia tout ce qu'elle pouvait.

Dans le placard, elle aperçut l'un des manteaux que Jonas portait régulièrement. Elle le sortit et se tourna vers Flynn.

— Il le portait presque chaque fois que je l'ai vu. C'est bizarre qu'il ne l'ait pas porté quand on lui a tiré dessus.

— Alors peut-être qu'il vivait dans cette pièce vers la fin, si ses vêtements préférés sont ici.

Elle haussa les épaules.

— Ou alors il l'a laissé à l'étage et sa mère l'a accroché pour lui.

Elle le remit là où elle l'avait trouvé, puis vérifia les poches. Elle en sortit un morceau de papier froissé – un reçu de fast-food datant de trois jours. Elle le tendit à Flynn et fouilla systématiquement le manteau. De la poche intérieure, elle sortit un petit bout de papier avec un numéro de téléphone et un nom qu'elle reconnut. Elle tourna sur elle-même et le montra à Flynn.

— Est-ce le type dont tu parlais ?

FLYNN FIXA LA note dans la main d'Anna. Une confirmation. Quelque chose qu'il ne s'attendait pas vraiment à trouver. Il tendit la main et prit le papier, regardant les deux côtés. Il s'agissait d'un morceau d'une publicité de magasin, un magasin local, ici en ville.

Il sortit son téléphone et composa le numéro écrit à la main au verso. Le téléphone sonna plusieurs fois. Sans attendre de voir si quelque chose d'autre se passait, il raccrocha, puis composa le numéro de Levi. Il le mit rapidement au courant, en ajoutant :

— Quelqu'un peut-il tracer ce numéro et voir ce qu'on obtient ?

— Nous sommes sur le coup, déclara Levi. Nous allons également vérifier les fichiers de police pour cette adresse.

— C'est une bonne idée. S'il y a eu des troubles à cette adresse, les voisins sauront probablement quelque chose. Il regarda par la fenêtre et dit : Je pense qu'une fois que j'en aurai fini avec cette pièce, nous pourrons peut-être parler à quelques voisins ici et voir ce qu'ils ont à dire.

— Bonne idée. On se recontacte dans… disons trente minutes !

Levi mit fin à l'appel.

Après avoir jeté un dernier coup d'œil autour de lui, Flynn fit signe vers la porte.

— Es-tu prête à partir ?

Elle acquiesça.

— Il semble n'y avoir rien d'autre d'intéressant ici.

Ils ressortirent en remerciant la mère de Jonas de les avoir laissés voir sa chambre.

De retour à l'extérieur, Anna demanda :

— C'était quoi cette histoire de porte-à-porte ?

— Nous devrions vérifier auprès des voisins s'ils ont vu Brendan. Quelqu'un aurait dû voir quelque chose.

— La police n'aurait-elle pas demandé ?

— Pourquoi ? En ce qui les concerne, un ami logeait en

bas. Ils n'avaient pas l'air de se soucier de l'autre type. Et puis, ce n'est pas comme si la police avait beaucoup de temps pour s'occuper de cette affaire.

— Mais nous si.

Résolument, elle se dirigea vers la première maison à côté de celle de la mère de Jonas. Elle frappa à la porte. Lorsqu'une femme plus âgée en sortit, Anna expliqua rapidement qu'elle était une amie de Jonas et lui demanda si elle avait vu quelque chose de suspect au cours des jours précédents.

La voisine secoua la tête.

— Jonas a toujours été un peu méfiant. Mais depuis qu'il a commencé à traîner avec ce sale type… Elle secoua la tête : Il s'était mis à dégringoler. Je ne suis pas surprise qu'il ait été assassiné.

Intérieurement d'accord avec la femme, mais ayant besoin de la faire parler, Anna demanda :

— Avez-vous vu d'autres personnes dans le coin récemment ?

— Un camion noir. Je ne connais pas l'homme. Mais il était garé à l'avant.

— Une chance que vous ayez remarqué la plaque d'immatriculation ? demanda Flynn derrière Anna. Même une lettre ou deux ?

La dame secoue la tête.

— Il arrivait toujours dans l'obscurité et disparaissait au matin. En fait, cela m'a donné la chair de poule. C'était un peu comme un fantôme.

Elle jeta un regard dur à Flynn.

— Il n'y a rien de bon à attendre des gens qui ne font qu'entrer et sortir dans l'obscurité. Il y a certainement des magouilles dans cet endroit, déclara-t-elle.

— J'espère que c'est fini maintenant, dit doucement

Anna. Le quartier devrait être à nouveau sûr.

— *Hum.* Je l'espère.

Et la femme leur ferma la porte au nez.

Flynn vérifia auprès des autres voisins, mais tout le monde leur dit la même chose. Un gros camion noir, dont personne n'avait vu la plaque d'immatriculation. Quant au conducteur, personne ne l'avait vu. La seule information supplémentaire qu'ils obtinrent fut que le camion était de grande taille, d'un noir uni, sans garnitures contrastées, sans revêtement de caisse évident et sans capote. Ces précisions étaient d'une utilité réduite. Au Texas, tout le monde avait un camion.

Quand ils finirent et qu'ils retournèrent à la voiture d'Anna, Levi appela.

— Le téléphone est enregistré au nom de Brendan McAllister. Et c'est un numéro de Houston.

Le souffle coupé, Flynn déclara :

— C'est la meilleure confirmation que nous ayons eue jusqu'à présent.

— C'est une bonne chose, déclara Levi. Cela met Brendan en relation avec Jonas. Nous pouvons déjà placer Jonas dans la maison. Si nous pouvons y situer Brendan aussi, cela nous permettrait de verrouiller la situation.

— Avons-nous un mobile ? Les moyens ne devraient pas être trop difficiles, Brendan étant un spécialiste des armes.

— En effet. Je devrais appeler les flics et voir si nous pouvons confirmer l'arme du crime. Il est peu probable qu'il soit stupide au point d'utiliser sa propre arme, mais... Le ton de Levi changea : Qu'est-ce que vous faites tous les deux maintenant ?

Flynn se tourna vers Anna.

— Nous devons nous arrêter à l'épicerie, puis nous serons de retour à la maison.

— Vous restez là pour la nuit ? Les autres ont prévu de partir bientôt. Sauf Logan, qui reste chez son père pour la soirée.

— C'est bon à savoir. Merci. Je contacterai Logan plus tard.

Il mit fin à l'appel et se tourna vers Anna.

— On fait des courses ?

Elle acquiesça.

— Je suis affamée.

Chapitre 10

ELLE MONTA LES marches, déverrouilla la porte, prit les deux sacs qu'elle avait apportés de la voiture et se dirigea vers la cuisine. Les chiens aboyèrent et virevoltèrent autour d'elle avec joie. Elle posa les courses sur la table, puis tendit la main pour les serrer tous dans ses bras.

— Alors, comment c'était d'être à l'intérieur, les gars ?

Elle jeta un coup d'œil autour d'elle, mais il semblait qu'il n'y avait pas eu d'accident. Elle leur en était reconnaissante. Au moins, ils se tenaient compagnie les uns aux autres. Elle pouvait les remettre dans leurs cages, mais elle n'y tenait pas.

— Je ferai la cuisine ce soir si tu veux ranger tes affaires, dit Anna.

Flynn acquiesça et lui adressa un sourire.

Elle consulta le répondeur et constata que son appel téléphonique précédent avait abouti à un résultat très positif. Le couple passerait ce soir pour voir les deux petits chiens, si elle était d'accord. Elle décrocha le téléphone et les rappela.

— Je serai là ce soir si vous me précisez une heure.

L'homme répondit :

—Cela vous irait juste après le dîner ? Peut-être à six heures et demie ?

— Parfait.

Elle rangea le téléphone dans un état d'esprit beaucoup

plus joyeux, puis commença à préparer une salade César au poulet pour chacun d'entre eux. Elle prit le pain à l'ail, le trancha et le mit de côté pour l'ajouter à la fin. Cela leur donnerait quelque chose pour accompagner la salade.

Flynn était un homme de grande taille. Il avait déjà fait preuve d'un bon appétit. Elle était loin d'avoir le même que lui, mais elle était affamée. En ce moment même, elle aurait pu ingurgiter à la fois son repas et le sien ! Dès qu'elle eut mis les blancs de poulet au four, elle cria :

— Le couple vient ce soir pour voir les deux petits chiens !

—Très bien, dit Flynn. Tu devrais aller faire un tour là-bas pour t'assurer que les chats vont bien.

Elle lui lança un regard horrifié et se précipita à l'extérieur.

— Désolé ! Je ne voulais pas te faire paniquer.

— La dernière chose dont j'ai besoin, c'est qu'un autre malheur se produise ici, déclara-t-elle.

Flynn la suivit.

— Hé, depuis que le corps de Jonas a été trouvé, et avec la présence de la police de temps en temps, nous n'avons probablement pas à nous inquiéter de voir Brendan se montrer ce soir. Rien n'est garanti, mais c'est juste pour dire…

Quand elle lui eut fait un signe de tête, il retourna à la cuisine.

Elle arriva aux cages et ouvrit la porte des chats pour constater que tout le monde était encore à sa place. Les quatre chiens l'avaient suivie, et les plus petits aboyaient comme des fous. Jimbo colla son nez contre la vitre de la chatière. Elle se baissa, accrocha une laisse à chacun des deux petits et les emmena sur le petit terrain réservé aux chiens.

Avec un peu de chance, ils auraient un nouveau foyer ce soir. Elle emmena les deux autres dans l'enclos arrière et les libéra. Ils avaient besoin d'une heure ou deux seulement pour eux.

Aucun des animaux ne semblait perturbé ni inquiet. Elle en conclut qu'il n'y avait pas d'intrus dans les parages. Les chats auraient bientôt besoin de nourriture. Alors qu'elle se dirigeait vers eux, Flynn, déjà à l'extérieur, lui lança :

— Ne t'inquiète pas ! Je vais nourrir les chats maintenant. Toi, tu t'occupes du dîner.

Cela marchait pour elle.

Lorsque Flynn eut terminé, il entra, huma l'air et dit :

— Ça sent bon !

Elle lui sourit.

— Comme au bon vieux temps.

— C'est sûr.

Lorsqu'il était venu ici auparavant, ils s'étaient relayés pour préparer les repas. Elle faisait des pâtes plus savoureuses, mais lui cuisinait un meilleur steak.

Elle s'assit et consulta sa montre.

— Nous avons vingt minutes pour manger avant l'arrivée du couple.

— Ça va.

Elle s'installa pour déguster sa salade César. Elle jeta un coup d'œil à Flynn, qui en était à la moitié de son repas. Quand elle eut fini, elle commença à laver la vaisselle. Avant qu'elle ne remplisse l'évier, Flynn lui dit :

— Tu te souviens du « bon vieux temps » ? Si tu cuisinais, je nettoyais, et nous échangions les rôles selon les besoins. Va t'occuper de la paperasse au cas où ils voudraient les chiens ce soir !

Alors elle se rendit à son bureau pour prendre les papiers d'adoption. Il n'y avait rien de mal à se sentir positive. La journée avait déjà été bien remplie. Si elle pouvait trouver un foyer pour ces deux-là, ce serait parfait.

Une heure plus tard, elle se rendait compte que c'était la meilleure journée qu'elle avait vécue depuis longtemps. Les larmes aux yeux, elle regarda le couple emmener les deux petits chiens jusqu'à leur voiture et les placer sur la banquette arrière.

Flynn sortit et passa un bras autour de son épaule, la serrant contre lui.

— Beau travail !

Elle renifla et essuya les larmes de ses yeux.

— C'est tellement bon de les voir partir, aller dans un bon foyer, mais c'est aussi sacrément dur.

Il rit.

— Ils sont à toi tant qu'ils sont ici. Mais, comme tous les bébés, ils doivent grandir et passer à autre chose.

— Il faut vraiment que je fasse quelque chose pour aider les chats. Nous n'avons plus que les deux gros chiens, un hamster, un serpent, un lapin et quatre chats.

— Tu as à peine assez d'animaux pour te qualifier de « refuge ». C'est le bon moment pour le fermer, si c'est ce que tu dois faire.

— Maintenant que j'ai l'argent, cela n'arrivera pas ! dit-elle avec force, une fois de plus portée par le succès. Ce que je dois faire, c'est contacter les autres refuges et voir combien d'animaux doivent être sauvés avant d'être tués.

— Et ensuite, tu les accueilleras, je suppose, dit Flynn avec un sourire complice.

— C'est pour cela que je suis ici, répondit-elle. Peut-être qu'avec un peu de cet argent, je pourrai me payer un assistant. Quelqu'un pour m'aider.

— Je suis sûr que tu y arriveras, dit-il. Combien

d'animaux peux-tu amener ici ?

— Avec les nouveaux enclos que je n'ai pas encore utilisés, je pourrais probablement accueillir près de quarante chiens. Le problème est de leur trouver un foyer. Mais ils finissent tous par partir. C'est juste une question de temps. Les gens sont toujours plus facilement séduits s'ils voient l'animal lors d'événements. Ceux qui m'appellent sont ceux qui ont cherché. J'ai un site web, bien sûr, et cela demande aussi un peu de travail. Mais maintenant, je peux le mettre à jour et faire savoir que les deux petits chiens ont un nouveau foyer. Elle lui tendit la main et l'embrassa brièvement sur la joue : Je vais le faire tout de suite !

Et elle se précipita dans le bureau.

COMME UN IDIOT, Flynn se tenait dans le couloir, une main sur la joue. C'était le premier signe d'affection qu'elle lui montrait depuis son retour. Et il adorait ça. De toute évidence, aujourd'hui était l'un des temps forts de la semaine, voire du mois, pour elle. Un chèque assez important, deux animaux adoptés, et elle était en sécurité, jusqu'à présent. De plus, la police était partie, emportant avec elle tout le bazar dont elle avait à s'occuper. Maintenant, si seulement ils pouvaient découvrir où se trouvait Brendan et mettre un terme à ses manigances.

Pendant qu'elle était dans son bureau, il sortit son téléphone.

— Levi, des nouvelles ?

— Non, je suis toujours en train de chercher à savoir où se trouve Brendan. Son frère jure qu'il était chez lui ces deux derniers jours, mais il a un petit chalet à l'arrière où Brendan a séjourné. Il ne peut donc pas confirmer qu'il y est allé – en fait, il ne l'a pratiquement pas vu depuis plusieurs semaines.

— Je peux confirmer qu'il n'y était pas, puisqu'il était chez Jonas, dit Flynn. J'ai l'impression qu'il prépare quelque chose, mais je ne sais pas quoi. Je ne veux pas non plus qu'il s'en prenne aux animaux d'ici.

— Aucun d'entre nous ne le sait.

Après avoir mis fin à l'appel, Flynn se dirigea vers la cuisine et prépara une cafetière. Il ne pouvait se défaire du sentiment qu'une menace planait dans l'air. S'il considérait que Brendan voulait se venger, ce qu'il avait fait jusqu'à présent n'était pas suffisant.

Alors que le café finissait de couler, il entendit frapper à la porte d'entrée. Il l'ouvrit et découvrit deux policiers qui se tenaient sur le porche. Il les salua d'un signe de tête :

— Bonsoir ! Que pouvons-nous faire pour vous aider ?

Le premier officier se présenta.

— Je suis l'inspecteur Baker. Je crois que vous êtes Flynn Kilpatrick, n'est-ce pas ?

Il acquiesça.

— Oui.

— Nous avons besoin que vous veniez au poste pour répondre à quelques questions.

Flynn haussa les sourcils.

— Y a-t-il une raison pour que je ne puisse pas y répondre ici ?

Les deux hommes reculèrent légèrement pour lui permettre de sortir sur le porche. Baker dit :

— Nous aimerions vous voir au poste.

Flynn n'appréciait pas du tout le ton de sa voix.

— Laissez-moi prendre ma veste et prévenir Anna !

Il ne leur laissa pas le temps de refuser. Il retourna les talons et entra dans la cuisine, prit sa veste sur le dossier de la chaise et se dirigea vers le bureau.

Anna travaillait sur l'ordinateur. Elle leva la tête avec un grand sourire.

— Hé, ça sent le café ?

— Oui, mais tu vas le boire toute seule. La police est là, et ils me veulent au poste pour m'interroger.

Ses yeux s'écarquillèrent.

— Quoi ?! Elle se leva d'un bond et courut vers la porte d'entrée.

— Qu'est-ce que vous voulez à Flynn ? demanda-t-elle aux inspecteurs.

— Nous avons juste quelques questions à lui poser.

— Alors pourquoi l'emmener au poste ? Vous pouvez entrer et demander ce dont vous avez besoin.

Les deux hommes secouèrent la tête.

— Nous demandons sa présence au poste.

Elle croisa les bras et leva le menton.

Flynn la saisit par l'épaule.

— Ne t'inquiète pas ! Je vais aller avec eux. Je n'ai rien à cacher.

— C'est possible, dit-elle, mais tu ne pars pas seul. Je viens aussi. Je prends ma voiture et je vous suis. Elle lança un regard aux deux flics : Veillez à ce qu'il soit en sécurité ! On lui a déjà tiré dessus une fois. Et il y a intérêt à ce qu'il n'y ait pas un seul bleu sur lui quand je le verrai au commissariat.

Flynn rit.

— Ils ne peuvent pas me taper, ma chérie. Il se pencha et déposa un baiser sur sa tempe : Mais c'est une bonne idée que tu me suives là-bas. Je ne veux pas que tu restes seule ici.

Elle se précipita dans la cuisine et en ressortit avec ses clés, sa veste et son sac à main. Après avoir verrouillé la porte d'entrée, elle se dirigea vers la voiture tandis que Flynn s'installait à l'arrière de la voiture de police.

Assis à l'intérieur, il la regarda les suivre dans la rue. Il sourit. Il n'aimait vraiment pas cette évolution de la situation, qui la poussait à s'inquiéter pour lui. Il y avait tout de même quelque chose de positif à cela. Au moins, cela prouvait qu'elle se souciait de lui. Il envoya rapidement un message à Levi pour lui donner des nouvelles.

Puis il téléphona à Logan.

— Développement intéressant.

Il expliqua ce qui se passait. Logan répondit :

— Pas de souci. Nous enverrons un avocat.

— Je n'en ai pas besoin, dit confortablement Flynn. Je n'ai rien fait.

— Oui, mais quelqu'un veut ta peau, donc plus tu as de soutien dès le départ, moins il y aura de risques que quelqu'un te pousse à bout.

— Je ne sais pas trop ce que je dois leur dire à propos de Brendan.

— Raison de plus pour avoir un avocat. On se retrouve là-bas.

Flynn mit fin à l'appel et fixa son téléphone. Il avait peut-être eu des moments difficiles l'année précédente, mais il n'avait jamais douté de ses amis. Il lui avait fallu beaucoup de temps pour en arriver là, avec son poste chez Legendary Security et sa relation avec Anna. Il n'avait pas l'intention de tout gâcher maintenant. Peu importe ce que Brendan avait prévu, il devrait continuer sans Flynn. Parce qu'Anna et lui avaient un avenir, et qu'il n'incluait pas la prison.

Chapitre 11

— VOUS POUVEZ vous asseoir à côté, madame, dit le détective poliment.

Elle lui jeta un regard dur et dit :

— Je préfère m'asseoir avec Flynn.

— Il ne fait que répondre à des questions. Vous pouvez attendre qu'il revienne.

Elle croisa les bras sur sa poitrine et fixa l'homme de l'autre côté du bureau.

— Je sais que vous ne faites que votre travail, dit-elle.

— Bien ! aboya-t-il. Alors laissez-nous faire ! S'il n'y a pas de raison de le garder, alors nous ne le garderons pas.

Elle le fixa à nouveau jusqu'à ce qu'un rire léger se fasse entendre derrière elle. Elle se retourna pour voir Logan.

— Te voilà ! Tu vas le faire sortir d'ici, c'est ça ?

— Avec toi dans son équipe de défense ? demanda Logan avec un petit rire. Je doute qu'ils l'accusent de quoi que ce soit. Sinon, ils devront t'affronter. Et crois-moi, ce n'est pas ce qu'ils souhaitent.

L'inspecteur derrière le bureau marmonna :

— Vous avez raison.

Logan la conduisit jusqu'à l'un des longs bancs installés contre le mur.

— Asseyons-nous ici et détendons-nous !

— Comment puis-je faire y arriver alors qu'ils l'ont emmené pour l'interroger ?

— Ont-ils dit de quoi il s'agissait ? demanda-t-il.

— Non, mais qu'est-ce que ça pourrait être d'autre que le meurtre de Jonas ? Elle laissa échapper un lourd soupir et se passa les mains dans les cheveux : Ce type me rend dingue. Tu le sais, n'est-ce pas ?

Logan rit.

— Il a cet effet sur beaucoup de gens.

Elle sourit.

— Mais c'est un bon gars.

— Content que tu l'aies remarqué.

Ce fut l'accent mis sur le mot « remarqué » dans sa voix qui la poussa à le regarder avec méfiance.

— Que veux-tu dire par là ?

Son sourire s'élargit.

— Flynn t'aime bien aussi.

— Oh ! dit-elle d'une petite voix. C'était si évident que ça ?

Il éclata de rire.

— La façon dont tu le défends en dit long.

— Tu dois te rappeler que je défends les chiens abandonnés, lui fit-elle savoir.

— C'est vrai. Mais Flynn n'a vraiment besoin de personne pour le défendre.

— J'ai bien peur que ce soit le cas maintenant, pourtant. Je ne sais pas ce que son « ami » prépare, mais il ne sera pas satisfait tant que Flynn ne souffrira pas pour une raison ou une autre.

— Eh bien, ce n'est plus un ami, dit Logan. Je ne suis pas sûr qu'ils l'aient jamais été. Mais ils étaient dans la même unité. Et quand les choses tournent mal, elles ont tendance à tourner vraiment mal. Personne dans l'armée n'a un caractère faible, on ne les forme pas de cette façon-là. Lorsqu'ils trouvent des points forts, ils les affinent et les aiguisent. Alors, quand deux militaires se retrouvent de part et d'autre d'une même barre, ça peut mal tourner.

— Il doit vraiment détester Flynn pour vouloir le faire souffrir comme ça.

— Je ne serais pas du tout surpris qu'il ait l'intention de le tuer.

— Oh, mon Dieu ! s'écria-t-elle. Vraiment ?

Logan saisit ses mains déjà nouées, ses ongles s'enfonçant dans sa chair tendre.

— Je n'aurais pas dû dire ça. Calme-toi ! On ne sait vraiment rien pour l'instant.

— Non, tu te trompes. Nous savons que quelqu'un lui tend un piège. Et avec autant de haine, il n'y a vraiment aucun moyen de savoir où il va s'arrêter. S'il s'arrête. Je pense que tu as raison. Le but est d'éliminer Flynn.

— Même si c'est le cas, Flynn n'est pas une cible facile pour qui que ce soit.

— Et il n'est pas seul, n'est-ce pas ?

Elle fixa Logan comme si elle voulait qu'il lui donne la réponse dont elle avait besoin.

Logan hocha la tête.

— Il a toute la compagnie de Levi, moi et mon père. Et c'est considérable. S'il le faut, on peut mettre l'équipe de Bullard dans le coup.

— Qui est Bullard ?

Logan secoua la tête.

— J'avais oublié que tu ne sais pas qui c'est. Un autre type qui dirige une entreprise comme celle de Levi, mais en Afrique.

— Il me semble que je l'aimerais bien s'il s'engageait à

aider Flynn. Je ne pense pas que Flynn ait eu grand monde à ses côtés ces derniers temps.

— Non, en effet. Il n'a pas de famille. Mais je suis son meilleur ami depuis toujours.

Elle acquiesça.

— Ce type a une dent contre lui. Il n'a besoin de personne dans sa vie parce qu'il se débrouille très bien.

Logan éclata de rire.

— Je vois que tu le connais, et visiblement très bien.

Son ton était un peu suggestif. Elle rougit.

— Pas de cette façon !

— Mais bientôt, taquina-t-il.

Elle devint encore plus rouge et le regarda fixement.

— C'est peu probable. La dernière chose dont j'ai besoin, c'est de passer mes soirées au poste de police, à attendre qu'il sorte.

— Surtout quand on peut faire quelque chose de bien plus amusant !

Et il gloussa à nouveau.

Il connaissait visiblement très bien Flynn. Peut-être trop, d'après les regards qu'il lui lançait.

— Depuis combien de temps le connais-tu ? demanda-t-elle brusquement.

— Des décennies, dit-il joyeusement. Nous avons eu quelques années de séparation pendant lesquelles nous nous sommes perdus de vue, mais nous nous sommes retrouvés à l'armée. C'était génial.

Elle secoua la tête.

— Alors tu sais tout de son passé avec les femmes.

— Bien sûr que oui ! Cela ne veut pas dire que je connais les détails ni que je les connaisse toutes. Mais je sais pour toi.

Elle acquiesça.

— C'est logique.

— Pourquoi ?

— Parce que je n'ai pas l'intention d'être une petite encoche de plus sur le poteau de Flynn.

— Flynn n'a jamais fait cela. Il a eu quelques histoires d'amour de courte durée, mais lorsqu'il est avec une fille, il s'investit à cent pour cent. Cela ne veut pas dire que ça a toujours marché, évidemment, puisqu'il n'a jamais été marié. Mais ses relations duraient toujours six mois ou plus.

Elle se tourne vers lui.

— Vraiment ?

Il acquiesça.

— Les SEAL jouissent d'une mauvaise réputation. D'ailleurs, tous les militaires ont mauvaise réputation parce qu'ils sont plus enclins à s'amuser et à vire des aventures d'un soir ou d'un week-end, déclara-t-il. Et je doute qu'aucun d'entre nous ne puisse dire qu'il n'a rien fait qu'il regrette en y repensant. Mais Flynn était beaucoup plus circonspect. Il n'aimait pas les aventures d'un soir, il aimait les relations. Je lui donne raison. Je pensais qu'il allait réussir avec quelques-unes d'entre elles. Mais c'est difficile d'être mariée à un SEAL.

— C'est difficile d'être mariée à un militaire, dit-elle. Il y a toujours du danger autour de vous. Vous ne savez pas si vous reviendrez un jour de la dernière mission.

— C'est vrai. Et tu dois réaliser que Flynn fait le même genre de travail. Peut-être pas aussi dangereux. Ou plus, au contraire. Je suis moi-même assez nouveau chez Levi. Mais c'est le genre de travail que nous avions l'habitude de faire. Et certaines missions sont dangereuses.

— N'êtes-vous pas ceux qui s'occupent des gens riches

ou célèbres ?

Logan lui lança un regard noir.

— Non. J'ai peut-être fait un ou deux boulots de ce genre, mais ce n'est pas du tout là que se trouvent mes aptitudes.

— En es-tu sûr ? Tu as l'air d'être celui qui préfère que de belles femmes se jettent sur toi.

Logan s'esclaffa.

— Ces femmes magnifiques se jettent sur moi que je m'occupe d'elles ou non.

— Peut-être que l'une de ces dames élégantes dont tu assurais la sécurité a ravi ton cœur.

Elle ne pouvait s'empêcher de le taquiner, mais elle savait qu'il y avait peu de chances que tout cela soit vrai. Jusqu'à ce qu'elle voie une rougeur monter dans son cou. C'était à son tour de le fixer du regard et de lui dire :

— Allez, Logan ! Donne-moi les détails ! Qui était-ce ?

Il lui lança un regard noir.

— Personne.

Elle ricana.

— Attends que j'en parle à Flynn !

Il plissa les yeux, rapprocha son visage du sien et dit d'une voix faussement menaçante :

— Tu ne lui en diras pas un mot.

Elle rapprocha son visage du sien jusqu'à ce que son nez touche presque le sien.

— Ouais, tu veux parier ?

FLYNN LES REGARDAIT se disputer tous les deux. Il ne pouvait s'empêcher de sourire. Ses amis étaient géniaux. Il resta devant eux un long moment, attendant qu'ils le remarquent. Comme ils ne le faisaient pas, il se racla la gorge.

Tous deux se retournèrent pour regarder Flynn, les bras croisés sur sa poitrine, un grand sourire en coin.

— Comme c'est bien que vous appreniez à vous connaître, tous les deux !

— Je suis sûr qu'elle a le béguin pour toi, dit Logan avec un grand sourire. Je lui ai dit qu'elle devrait trouver quelqu'un d'autre, parce que tu es un homme très occupé avec les femmes ces jours-ci.

Flynn haussa les sourcils.

— Ce n'est pas grave. Tu ne sais pas pourquoi il est méchant et qu'il ment. Logan s'ennuie de sa chérie, dit Anna, la voix très douce. C'est ce qui arrive quand on se fait larguer par quelqu'un de plus beau.

Elle se tourna vers Logan pour lui lancer un regard noir.

Flynn éclata de rire.

— Oh, mon Dieu ! Vous voir tous les deux comme ça, c'est parfait. Il saisit un bras de chacun d'entre eux, les tira pour les mettre debout et dit : On part maintenant ?

Anna se retourna et s'arrêta.

— Tu peux t'en aller ? Oh, c'est merveilleux ! Elle l'entoura de ses bras et le serra dans ses bras ; Je m'inquiétais tellement pour toi.

— Je t'avais dit que ce n'était pas nécessaire. Tout va bien.

Elle recula un peu et le regarda fixement.

— Dans mon point de vue, il n'y a pas de « tout va bien ». Mais j'aimerais bien sortir d'ici. Elle se tourna vers Logan et lui dit d'une voix à moitié rancunière : Tu es le bienvenu chez moi pour boire un café ou autre chose, si tu veux.

Le sourire de Logan illumina son visage.

— Seulement si tu ne remets pas sur le tapis nos problèmes de petite amie ou de petit ami.

Elle leva le menton.

— Tant que tu ne le fais pas non plus.

Flynn les attrapa à nouveau par le bras et les dirigea vers la porte d'entrée.

— Bon sang, ça a dû être une sacrée conversation pendant que vous m'attendiez !

Ils sortirent.

— Je suis désolé d'avoir raté ça.

— J'aurais pu l'avoir facilement.

Anna leva les yeux au ciel. Mais elle était tellement heureuse que Flynn ait été autorisé à partir et que la visite de la police ne semble pas avoir eu de répercussions.

— Qu'est-ce qu'ils voulaient en fait ?

Ils traversaient le parking où leurs véhicules attendaient. Elle se dirigea vers sa voiture et attendit qu'il réponde.

— Quelqu'un leur a envoyé une lettre disant que j'avais tué Jonas.

Sa mâchoire se décrocha.

Logan explosa en disant :

— Tu es sérieux là ?

Flynn acquiesça.

— Mais apparemment, l'autopsie a confirmé que Jonas a été tué pendant que je rentrais chez moi en avion. Il a été tué par une arme de poing de petit calibre. Les entailles sur son bras ont été infligées avec mon couteau, plus pour le spectacle qu'autre chose. Plus de preuves médico-légales pour clouer mon cercueil. Mais comme je n'étais pas là, le plan n'a pas fonctionné. Même chose pour le fusil. Jonas a été touché par balle post-mortem. Mais ce n'est pas l'arme du crime. Ils recherchent une arme de poing pour cela. Et bien sûr, ils ont trouvé une de mes empreintes partielles sur le fusil. Il jeta un coup d'œil à Logan et dit : Dieu merci, j'ai fait ce voyage avec toi et Harrison !

— Jésus ! Logan regarda au loin, puis secoua la tête : Quelqu'un en a après toi.

— Pas n'importe qui, c'est Brendan. J'en suis sacrément sûr.

— Tu en es donc certain au point d'exclure tous les autres dans cette équation ? demanda Anna. Faire des suppositions n'est pas la meilleure idée.

— Non, ce n'est pas le cas, mais personne d'autre dans mon entourage ne me déteste vraiment à ce point. Et c'est ce que j'ai dit à la police cette fois-ci.

— Je pense que l'un des aspects de la question est que nous ne reconnaissons pas toujours ceux qui nous haïssent. Le monde est plein de mensonges et de menteurs.

— C'est vrai. Mais la plupart de ces menteurs ne sont pas prêts à aller jusqu'au meurtre pour faire valoir leur point de vue.

— La police ne cherche pas Brendan ? Pourquoi ne lui demandent-ils pas où il était le week-end où Jonas a été tué ?

— Ils sont à sa recherche. Et dès qu'ils l'auront retrouvé, ils lui poseront la question, déclara Flynn. Mais il semble que Brendan se cache, et personne ne sait où il se trouve actuellement, pas même son frère.

— Ça craint. Nous devons le trouver nous-mêmes.

— C'est ce à quoi je pensais, dit Flynn. Nous devons suivre ses cartes de crédit. Il doit bien laisser une trace de son passage d'une manière ou d'une autre. Mais s'il vivait chez son frère ou chez Jonas, c'est une autre histoire. Quand a-t-il utilisé un distributeur de billets pour la dernière fois ? A-t-il une carte de crédit ? Quand a-t-elle été utilisée pour la dernière fois ?

— Je crois qu'Ice est en train d'obtenir ces réponses.

— Quand nous rentrerons à la maison, je verrai si je peux en trouver d'autres. Il jeta un coup d'œil aux deux autres et demanda : Tu viens chez Anna ?

Logan acquiesça.

— Je vous suis.

Anna déverrouilla et ouvrit la voiture, se tenant sur le trottoir, attendant. Elle se retourna vers Flynn et lui demanda :

— Tu veux conduire, ou ça va si je le fais ?

— Cela ne me dérangerait pas de conduire, dit-il aimablement. Mais si c'est un problème pour toi, vas-y !

— Je suis fatiguée, avoua-t-elle. Si tu veux, ça me va. Elle fit le tour de la voiture, lui tendit les clés et s'installa du côté passager de sa petite voiture.

Il fit le tour, s'installa côté conducteur et mit le moteur en marche. Lorsqu'ils furent tous deux attachés, il conduisit la voiture sur la route. Derrière eux, Logan suivait dans l'un des gros camions de l'entreprise.

— Combien de camions Levi a-t-il dans l'enceinte de l'entreprise ?

— Une demi-douzaine maintenant, je pense. Et aussi un ou deux Suburban et quelques voitures.

— J'ai l'impression que les affaires marchent bien.

Flynn rit.

— C'est vrai, mais on ne sait jamais vraiment à quel point.

— On ne peut pas lui en vouloir, dit Anna. Il ne le sait probablement même pas. Avec autant de jobs qui vont et viennent, vous n'aurez des faits et des chiffres qu'au bout de quelques mois. Tant que l'argent rentre et que tu couvres tous tes frais, tout va bien. Pour savoir s'il reste quelque chose au bout d'un moment, il faut attendre quelques trimestres pour se faire une idée.

— Qu'est-ce que c'était que cette histoire de Logan qui avait une dulcinée qui l'a largué ?

Elle haussa les épaules.

— Il me titillait sur notre relation, alors je lui ai répondu qu'il s'était fait larguer. Ça l'a bien amusé aussi. Je pense qu'il s'est passé quelque chose entre lui et une femme dont il s'occupait en Californie.

— Il faudra que je me renseigne à ce sujet, dit Flynn. Logan ne s'implique pas facilement.

— Oui, j'ai eu cette impression. Il a dit la même chose de toi. Et que lorsque tu le fais, c'est généralement pour une relation à long terme.

— Je fais de mon mieux. Si l'une d'entre elles vaut la peine, je me donnerai à fond et je verrai comment nous nous débrouillerons. Il lui jeta un coup d'œil : Et toi ? Tu abordes les relations amoureuses avec légèreté ?

— Non. Elle fixa l'obscurité de l'autre côté du pare-brise : Mais je n'ai pas eu autant de relations que toi.

— Peu importe combien nous en avons eu. Sa voix se fit plus grave : Quand on est dans une relation, on se donne à fond. Il n'y a pas de garanties dans la vie, ni dans l'avenir. Il n'y en a certainement pas pour le bonheur. Tout ce que nous pouvons faire, c'est donner le meilleur de nous-mêmes.

Elle se retourna pour le regarder et sourit.

— C'est tout à fait vrai.

Il tourna deux fois à droite, puis s'engagea sur l'autoroute. C'était l'un des moyens de retourner chez elle, probablement le plus rapide. L'embranchement n'était qu'à un kilomètre. Alors qu'ils s'en approchaient, il mit le clignotant et ralentit.

Anna jeta un coup d'œil derrière elle pour voir si Logan était là. Un gros camion les suivait, mais ce n'était pas celui de Logan.

— Euh …

— Je vois. La voix de Flynn devint sinistre et dure : Attends !

Le camion vint heurter de plein fouet le pare-chocs arrière de sa voiture. Flynn appuya sur l'accélérateur et, au lieu de prendre le virage à droite pour sortir de l'autoroute, il se faufila entre deux voitures qui se trouvaient sur la deuxième voie et qui se déplacèrent également vers la bretelle de sortie située de l'autre côté de l'autoroute. Elle se retourna pour regarder le camion. Il traversait lui aussi.

— Oh, mon Dieu, il nous suit !

— Je pense qu'il voulait nous faire sortir de la route.

Flynn prit un virage serré trop vite devant les véhicules venant en sens inverse, puis traversa les voies pour prendre le virage du côté opposé. Elle poussa un petit cri.

— Désolé, mais il fallait que je sorte de là.

Il s'engagea dans la première rue à droite et prit une série de virages pour se débarrasser de celui qui les suivait. Enfin, il s'arrêta dans un petit quartier résidentiel et se gara. Tous deux restèrent assis, se regardant l'un l'autre pendant un long moment. Puis ils se tournèrent en même temps pour regarder derrière eux. Il n'y avait aucune trace du camion.

— Est-ce que j'ai rêvé tout ça ?!

Il secoua la tête.

— Je suis sûr que non.

— Et Logan ?

Flynn sortit son téléphone et appela Logan. Pas de réponse.

— Bon sang !

Dans le meilleur des cas, Logan suivait le camion et était en train de le filer. Dans le pire des cas, Logan avait tout raté.

Non, ce serait que le camion avait tué Logan en premier. Mais comme il n'avait rien vu ni entendu derrière lui, il supposa que la chance de Logan tenait toujours. Ce type semblait pouvoir traverser un feu et en ressortir souriant et sentant bon la rose de l'autre côté. Flynn n'avait jamais connu quelqu'un d'autre comme Logan.

Dans un silence inquiétant, elle murmura :

— Que faisons-nous ?

Chapitre 12

ELLE REÇUT LA réponse à cette question quelques minutes plus tard. D'une manière ou d'une autre, en partant d'une direction complètement différente, ils arrivèrent au refuge. De l'extérieur, tout semblait identique. Elle avait attrapé son sac à main en s'élançant littéralement à la suite de Flynn et de la police. Maintenant, elle fixait la maison, se demandant si l'ordure qui les avait suivis était arrivée ici en premier.

Il fallait qu'elle aille voir ses animaux. Elle descendit de la voiture et s'approcha de la porte d'entrée. Tout était comme elle l'avait laissé. Elle déverrouilla la porte et entra, Flynn sur ses talons.

Elle savait qu'il essayait encore de joindre Logan. Le fait qu'il n'y ait pas de réponse le dérangeait vraiment. Elle aussi. Elle n'aimerait pas que quelqu'un d'autre soit blessé dans cette histoire. Elle se fichait de savoir qui ce type recherchait : il n'avait pas à s'en prendre à qui que ce soit.

Elle avait laissé les chiens dans l'enclos. La maison semblait dans l'état où elle l'avait laissée. Restant près de Flynn, elle sortit avec lui pour vérifier les animaux.

Les chats dormaient, ne s'étant même pas aperçus de son absence, supposait-elle. Les chiens aboyèrent dès qu'ils les entendirent approcher. Lorsqu'ils virent que c'était Flynn et Anna, ils aboyèrent de joie, sautant et gémissant. Elle ouvrit l'enclos et entra, se penchant pour les câliner tous les deux, car les petits qu'elle avait donnés plus tôt lui manquaient déjà. Elle avait encore son travail du soir à faire. Le lapin et le hamster avaient besoin de granulés et de nouveau foin pour leurs cages. Et le serpent – peut-être que Flynn le nourrirait.

— Réglons cette question ! dit-elle à voix basse. Espérons que d'ici là, Logan se montrera.

— J'appelle d'abord Levi.

Il s'éloigna de quelques pas et entra en contact avec quelqu'un du complexe.

Elle reporta son attention sur les animaux. Elle en avait si peu ici en ce moment ! Elle changea rapidement la sciure du hamster, lui donna de l'eau et de la nourriture fraîches, fit de même pour le lapin et se dirigea vers la maison des chats.

Elle s'assit sur le sol et les chats vinrent réclamer de l'attention. Même si elle aimait croire qu'ils se débrouillaient bien tout seuls, ils avaient autant besoin de contact humain que n'importe quel autre animal. Elle se demanda si elle était capable de les avoir tous dans la maison. Mais il y en avait quatre ici. Elle pourrait envisager de les garder, ainsi que les deux chiens, le hamster et le lapin, et en finir avec le refuge. Il était hors de question qu'elle garde le serpent, toutefois.

Son attitude à l'égard de cet endroit avait changé. Depuis qu'elle avait trouvé Jonas dans le hangar, ce n'était plus la même chose. Peut-être que ce dont elle avait besoin, c'était d'un autre lieu, mais cela coûterait cher. Elle n'était pas très riche. Sa propriété valait bien plus que lorsqu'elle l'avait achetée, et le quartier s'était développé tout autour. Il s'agissait en plus d'un grand terrain, et les promoteurs immobiliers se l'arracheraient. Si elle quittait la ville, cela aurait-il une incidence sur le nombre d'animaux adoptés ? Elle n'en avait aucune idée. Le trajet jusqu'au vétérinaire serait certainement plus long, mais elle n'était pas obligée de déménager trop loin.

Ce fut à ce moment-là qu'elle se rendit compte qu'elle pensait à un endroit situé entre ici et le complexe. Les petites villes environnantes étaient beaucoup moins chères. Elle pourrait vendre cette parcelle et acheter quelque chose de plus grand et de mieux adapté. De plus, elle mettrait de l'argent de côté. Il y avait beaucoup à dire sur le fait d'être plus stable financièrement. Bien sûr, toutes les cages devraient être reconstruites là-bas. Mais beaucoup d'entre elles pourraient être déplacées. Elle pourrait aussi ajouter quelques nouveaux enclos, plus grands et plus faciles d'accès.

Pour la première fois, elle prit du recul et étudia ce qu'elle avait construit ici – les enclos et les parcours pour chiens. Le remplacement du bâtiment était l'une de ses plus grandes préoccupations, car toutes les cages étaient construites à l'intérieur, et elle disposait d'une salle d'examen à l'arrière et de plusieurs autres pour les animaux qui se remettaient d'une intervention chirurgicale. Rebâtir une telle installation serait lourd.

Elle ne savait pas si elle pouvait y arriver.

D'un autre côté, si c'était seulement la propriété qui la retenait ici, ce n'était pas une raison suffisante. Il y avait de meilleurs emplacements ailleurs. Elle n'avait pas de local où les visiteurs puissent venir voir les animaux ; il n'y avait pas de parking devant, ce qui posait toujours un problème. Les chiens auraient eu besoin d'un plus grand enclos. Si elle pouvait améliorer sa propriété, elle pourrait accueillir d'autres animaux si on le lui demandait. Elle était l'une des rares à disposer d'un terrain de cette taille. Mais il n'était certainement pas assez grand pour accueillir des chèvres ou des chevaux.

Elle secoua la tête. C'était un peu la croisée des chemins. Et tout cela à cause de Jonas.

Pauvre Jonas !

Sur ce, elle mit les chiens en laisse. Flynn parlait toujours au téléphone. Elle dit à voix basse :

— Je vais promener les chiens.

Elle se rendit dans la ruelle et laissa les chiens vagabonder. Ils adoraient cette heure de la nuit. D'habitude, elle ne les promenait pas trop longtemps, ils n'avaient pas besoin de faire de l'exercice vu l'espace dont ils disposaient. Mais la ruelle longeait plusieurs propriétés de part et d'autre. Il y avait là toutes sortes d'odeurs intéressantes que les chiens pouvaient suivre.

Elle marcha jusqu'au bout, leur donnant l'occasion de lever les pattes et de renifler, avec autant de liberté qu'un chien pouvait en avoir en laisse.

Quand elle retourna vers sa propriété, Jimbo longea le fossé de l'allée la plus éloignée. La tête baissée, le chien de chasse qui sommeillait en lui avait repéré l'odeur de quelque chose. Probablement un lapin ou un hibou, mais Anna était prête à tout. Elle vivait à la périphérie de la ville, et même si les terrains étaient grands, leurs propriétaires n'étaient pas riches. Beaucoup de gens jetaient leurs ordures dans cette ruelle. Elle ne l'avait jamais compris. Il y avait un ramassage des ordures chaque semaine. Pourquoi jeter ses déchets dans une ruelle où ils ne seraient jamais ramassés ?

Alors qu'ils s'approchaient de la porte arrière, Jimbo refusa soudain de bouger. Elle s'approcha pour voir ce qu'il avait trouvé. Si c'était une moufette, elle ne voulait vraiment pas qu'il s'en approche. Une lampe de poche braquée dans les yeux n'aurait pas suffi à le faire bouger. Curieusement, il y avait quelque chose sur le sol. On aurait dit un vieux chiffon.

Elle donna un coup de pied dedans, et l'objet se retourna et se déplaça de quelques centimètres sur le côté. Quelque chose brillait dans la nuit, mais elle ne pouvait pas voir ce que c'était.

Elle se tourna vers Flynn. Il se tenait à la porte, toujours en train de parler au téléphone. Elle donna un coup de sifflet sec, ce qui le fit pivoter pour la regarder. Elle pointa le sol du doigt.

— Peux-tu apporter une lampe torche ? J'ai besoin de voir ce que c'est.

Il détacha une sorte d'outil de sa ceinture, cliqua sur un bouton et un rayon de lumière apparut. Il s'approcha d'elle, se pencha sur le bord du fossé devant elle. Et il jura.

— Mince ! dit-elle.

Sur le sol, en grande partie enfoui dans la terre et la boue, se trouvait un pistolet. Et elle n'avait aucun doute sur le fait qu'il s'agissait de l'arme qui avait été utilisée pour tuer Jonas.

FLYNN FIXA L'ARME et dit au téléphone :

— Levi, un des chiens vient de trouver une arme dans l'allée derrière chez Anna.

— Appelle les flics ! Il y a des chances que ce soit une preuve fabriquée, mais nous devons suivre la voie légale.

— Oui, c'est ce que je pensais.

Il mit fin à l'appel, regarda Anna et lui dit :

— Je vais appeler les flics.

Elle leva les yeux au ciel et dit :

— Super. Comme si je n'en avais pas encore assez d'eux !

Anna ramena Jimbo et Duggy dans l'enclos des chiens. Il la regarda franchir le portail. Puis il se pencha pour étudier l'arme de poing. Il ne la reconnut pas, heureusement. Bien qu'il ait pu toucher celle-ci –des années plus tôt – si elle avait appartenu à Brendan.

Pendant leurs jours de repos dans l'armée, ils allaient souvent tirer. En regardant le petit pistolet, il réalisa qu'il se trouvait dans un endroit miteux avec de l'essence, de la boue et de la saleté tout autour, alors qui savait s'il restait des empreintes digitales à trouver. Mais si c'était celle de Brendan, alors il pouvait s'agir de celle que Flynn avait tenue. Pourtant, les flics savaient qu'il n'était pas dans le pays au moment du meurtre.

Il appela rapidement les flics et leur expliqua ce qu'il avait trouvé.

— Nous enverrons quelqu'un sur place dans l'heure qui vient, dit la personne au bout du fil. Restez près de l'objet, s'il vous plaît !

Bien sûr ! Comme s'il n'avait rien d'autre à faire. Pour sa propre satisfaction, il prit plusieurs photos qu'il envoya à Levi pour les sauvegarder, et s'adossa à la clôture de l'autre côté. Il fixa la maison d'Anna pendant un long moment. Il réalisa alors que cette position lui permettait de mieux comprendre la vie de la jeune femme. En effet, il pouvait la voir quitter la cuisine, se rendre dans le bureau, puis dans l'autre pièce où se trouvait la table à manger, ce qui signifiait que n'importe qui aurait pu se tenir exactement à l'endroit où il se trouvait et les observer, elle et lui. Il jeta un coup d'œil à sa lampe de poche et vérifia les alentours.

En plus de ses propres empreintes, il pouvait voir que quelqu'un s'était tenu de l'autre côté. Les empreintes étaient profondément enfoncées dans la boue. Elles étaient aussi beaucoup plus grandes que les siennes. Et il y avait plusieurs mégots de cigarettes dans les environs immédiats.

Brendan n'aurait pas été aussi négligent. Sauf s'il pensait que Flynn serait arrêté pour ce meurtre.

Pourtant, Flynn le signalerait aux flics. Et donc, comme il ne voulait pas piétiner, il attendit.

Anna sortit par la porte de derrière.

— Tu rentres ?

Il secoua la tête.

— Les flics sont en route. Je vais les attendre.

Elle fronça les sourcils, puis acquiesça. Elle revint quelques minutes plus tard avec une tasse de café bien chaude.

Il lui sourit.

— Merci d'avoir pensé à moi.

En s'éloignant, elle murmura :

— J'aimerais pouvoir m'arrêter.

— Je préférerais vraiment que tu ne le fasses pas.

Elle se figea et se retourna pour le regarder.

— Sérieusement ?

Il hocha la tête.

— C'est pourquoi je t'ai demandé ce que tu pensais des relations amoureuses, dit-il, la voix basse et profonde. Parce que j'ai vraiment envie d'aller plus loin et de voir où nous pouvons arriver toi et moi.

Elle fit quelques pas vers lui et murmura :

— Moi aussi. Mais je ne savais pas si tu étais sérieux.

Il tendit sa main libre et balaya doucement les mèches de cheveux de son visage. Il la rapprocha un peu plus et murmura :

— Quand il s'agit de *toi*, je suis toujours sérieux.

La tasse de café dans une main, il l'enlaça de son autre bras. Il déposa un baiser sur son nez et son front, puis, ne pouvant s'en empêcher, il lui inclina le menton et lui donna un lent baiser qui embrumait l'esprit pour lui faire comprendre à quel point il était sérieux. Lorsqu'il releva la tête, elle poussa un soupir de bonheur et se blottit contre son torse.

Il la serra contre lui.

— Nous allons nous en sortir, chuchota-t-il. Ne t'inquiète jamais pour ça !

— Je m'inquiète pour beaucoup de choses en ce moment. Et le fait que quelqu'un veuille te mettre en prison à vie n'est que l'une d'entre elles. Et s'il revenait et essayait de te faire du mal ? Elle se pencha en arrière pour regarder son visage dans l'obscurité : Ou pire, de te tuer ?

— Je ne suis pas si facile à tuer, murmura-t-il, touché qu'elle se sente si concernée.

— Personne n'est invincible, ni ne peut se confronter aux balles tout le temps et s'en tirer à bon compte.

Elle était si sérieuse et si triste ! Il avait envie de l'envelopper, de la porter à l'étage et de la mettre au lit, de lui montrer à quel point la vie pouvait être belle. Elle avait beaucoup souffert ces dernières semaines. Ces derniers mois, même. Mais il y avait eu aussi de bonnes choses, et elle devait garder cela à l'esprit.

— En effet. Et je sais qu'il y a un danger en ce moment. Mais ce qui m'importe, c'est de te garder en sécurité.

Elle s'esclaffa.

— Alors je vais m'occuper de toi, et tu feras la même chose pour moi.

Il éclata en rire.

— Ça m'a l'air bien.

Elle le serra contre elle et ils restèrent tous les deux dans la ruelle pendant un long moment. Alors qu'elle s'apprêtait à s'éloigner, un véhicule arriva, les phares braqués sur eux.

Elle se raidit.

— On suppose que ce sont les flics ?

— Je n'en suis pas encore sûr. Mais nous les attendons.

Ils s'appuyèrent contre la clôture. Quelques arbustes les séparaient du véhicule, mais pas suffisamment pour les cacher si les lumières brillaient dans leur direction.

Alors qu'ils attendaient que le véhicule s'approche, un autre tourna à l'autre bout de la ruelle. Celui-ci était plus grand et plus haut, comme un camion.

Anna sursauta.

— Tu crois que c'est celui-là ?

— Aucune idée.

Il s'accroupit alors très bas, l'attira à ses côtés et lui dit :

— Va dans ta cour et entre dans l'enclos !

Elle fit ce qu'il lui demandait. Le camion semblait tourner au ralenti à l'entrée de la ruelle. Ce qui le rendait tout à fait suspect. La voiture, en revanche, était presque à l'endroit où Flynn attendait.

Mais comme il ne savait pas encore qui était le tueur, il ne pouvait pas non plus garantir que la voiture appartenait à quelqu'un qu'il voulait voir. Lorsqu'elle s'approcha, il vit qu'il s'agissait d'une voiture de police. Le moteur s'éteignit, tout comme les phares, et deux hommes en sortirent. L'un d'eux tenait une grosse lampe de poche.

Il éclaira Flynn.

— Vous voilà. Je me demandais pourquoi vous vous cachiez.

Flynn désigna le camion qui se trouvait encore à l'autre bout de la rue.

— Un camion a failli nous faire sortir de la route plus tôt dans la soirée, alors que nous rentrions du commissariat. J'ai réussi à le semer, mais maintenant je me demande si ce n'est pas à nouveau lui.

Les flics se retournèrent et étudièrent le camion. Le premier dit tranquillement :

— Je vais passer par l'arrière-cour et voir si je peux le suivre.

Il avait déjà glissé contre la clôture. Le second s'installa sur le siège conducteur de la voiture et la fit reculer. Passant devant la maison, il tourna comme pour prendre la route principale, mais au lieu de cela, il opéra un demi-tour et partit dans l'autre sens. Pendant ce temps, le premier se tourna vers Flynn.

Flynn pensait que le camion reculerait, s'enfuirait et disparaîtrait avant que la voiture de police n'arrive.

Il n'y avait aucun moyen de savoir jusqu'où la voiture de police irait. Flynn regardait ses phares briller dans l'obscurité. Puis elle disparut. Soudain, elle se retrouva derrière le camion dont le conducteur appuya rapidement sur l'accélérateur et fonça ; le policier était derrière lui.

Le camion passa en trombe devant l'endroit où se tenaient Flynn et l'autre policier. Impossible de l'arrêter. Cependant, il ralentit en approchant. Le conducteur se retourna et fixa Flynn. Et il le reconnut. C'était Brendan.

— Bon sang !

Il jeta un regard noir à Brendan qui disparaissait devant lui.

— Avez-vous reconnu le camion ?

— Oui, c'est le même que celui qui a essayé de nous faire sortir de la route tout à l'heure. Et j'ai reconnu le conducteur. Brendan McAllister. C'est l'homme dont j'ai parlé aux inspecteurs.

— Bien. Laissez-nous nous en occuper. Nous allons retirer cette crapule de la circulation. Et nous avons plus que quelques questions à poser, alors ne partez pas !

Il ne savait pas comment ils allaient s'y prendre, mais la voiture de police était juste sur les traces de Brendan, sirènes en marche. Pas question pour Brendan de ralentir ou de s'arrêter.

— Même si vous avez un barrage quelque part devant vous, ce type écrasera tout ce qui se trouve sur son chemin.

— Oui, j'ai compris. Le flic se retourna : Nous sommes venus chercher une arme. Où est-elle ?

Flynn la pointa du doigt sur le sol, la lampe torche dirigée dessus. Elle semblait encore plus recouverte de boue. Le policier se baissa et, avec ce qui ressemblait à un crayon, il la ramassa et la mit dans un sac de preuves. Il la montra à la lumière et dit :

— C'est peut-être l'arme du crime.

— C'est pour cela que je vous ai appelés.

— Y a-t-il un risque qu'il y ait vos empreintes dessus ?

Le policier étudiait attentivement le visage de Flynn. C'est pourquoi Flynn garda son air serein, naturel.

— Si c'est celui de Brendan, tout est possible. Nous étions dans l'armée ensemble. Nous nous entraînions souvent à viser dans les bois. Non seulement nous devions continuer à le faire pour notre travail, mais c'était aussi amusant. C'était un bon moyen de passer le temps avec les copains.

Le policier regarda Flynn avec son arme.

Flynn se sentit obligé d'ajouter :

— Ce n'est pas la mienne.

— C'est suffisant. Vous ne conduisiez pas le camion tout à l'heure, je considère donc que vous n'êtes pas le suspect. Il rangea la preuve dans la poche de sa veste alors qu'une autre voiture tournait dans l'allée : Voilà mon chauffeur ! Nous resterons en contact.

La deuxième voiture de police s'arrêta à côté d'eux. Le flic monta dans le véhicule et ils démarrèrent. Flynn les regarda disparaître dans la nuit. Bonne chance pour attraper Brendan. Ce ne serait pas si facile. Au fond de lui, il savait que ce type s'en sortirait.

Chapitre 13

FLYNN AVAIT RENVOYÉ Anna à l'intérieur lorsque la police était arrivée.

— Anna ?

— Je suis dans le bureau, dit-elle.

Il s'arrêta sur le seuil de la porte.

— Qu'est-ce que tu fais ?

— Je regarde les vidéos des heures où nous étions absents ce soir, dit-elle. Je veux juste m'assurer que rien n'a été touché. Elle lui jeta un coup d'œil et sourit : Merci d'avoir réparé le système de surveillance à nouveau.

— Bonne idée ! Il sourit : Et de rien.

Il était un peu agacé de ne pas y avoir pensé lui-même. Cela prouvait que, lorsqu'il était personnellement impliqué dans une affaire, cela le déconcentrait. Et il était dans le pétrin, à double titre : éviter une accusation de meurtre, et ne pas laisser Anna se faire tirer dessus ou pire encore. Au complexe, tout était enregistré par des caméras vidéo placées dans plus d'une douzaine d'endroits. Quelqu'un les visionnait en permanence pour s'assurer qu'il ne se passait rien qu'ils aient besoin de savoir. Il aurait dû faire de même dès qu'ils étaient rentrés du commissariat.

— Je l'ai vu.

Elle releva la tête et l'étudia.

— Tu as vu qui ? demanda-t-elle avec prudence.

— Brendan. C'est lui qui conduisait le gros camion.

Elle se leva d'un bond et enlaça Flynn de ses bras. Il la serra contre lui.

— Je suis tellement désolée, dit-elle, sa voix étouffée par sa chemise.

— Moi aussi, mais en même temps, je suis soulagé. Nous avons le bon méchant. Il n'y a personne d'autre qui nous fait ça.

— Le policier l'a-t-il vu ?

— Le premier policier était avec moi. Le second l'a poursuivi. Le premier semblait penser qu'ils n'auraient aucun mal à attraper Brendan avec un barrage routier. Mais j'en doute fort. Il y a de gros risques qu'il ait déjà disparu depuis longtemps.

Elle se recula et le regarda avec horreur.

— Vraiment ?

Il acquiesça.

Ce fut alors que l'on sonna à la porte. Elle s'accrocha à lui au lieu de s'écarter pour qu'il puisse répondre.

— Peut-être que c'est Logan.

Elle lui jeta un regard interrogateur mais le relâcha en le suivant. Il ouvrit la porte et elle se tint juste derrière lui.

Bien sûr, c'était Logan.

Et il apportait une offrande.

L'odeur de la pizza emplit le couloir. Elle rit.

— C'est le moment idéal. Je suis de nouveau affamée.

Il lui tendit les pizzas et elle les emporta dans la cuisine. Dieu merci, il allait bien. Elle ne savait pas s'il était parti chercher de quoi manger sans rien dire, pour que ce soit une surprise, ou si quelque chose d'autre s'était produit. Elle apporta des assiettes et versa une tasse de café à Logan, compléta la sienne et remplit aussi celle de Flynn.

Tout en continuant à parler, les hommes entrèrent dans la cuisine en riant et en plaisantant.

— Je suppose qu'il ne l'a pas vu alors ? demanda Anna.

Flynn secoua la tête.

— Logan nous a suivis jusqu'à l'autoroute, mais comme j'ai pris le chemin le plus direct pour rentrer à la maison afin d'éviter tous les feux embêtants, il est allé en ville et a commandé une pizza.

— Alors c'était très lent, marmonna-t-elle. Nous nous sommes quittés il y a plus d'une heure.

— C'est vrai, dit Logan. Mais je me suis aussi arrêté au magasin de spiritueux pour acheter de la bière. Je me suis dit que Flynn aurait bien besoin d'un peu de temps pour se délasser après tout ce stress.

Flynn se saisit d'une bière et en fit sauter la capsule.

— Tu as tout à fait raison. Tu n'as pas entendu les dernières nouvelles !

Lorsque Flynn lui eut tout raconté, Logan le fixa, bouche bée.

— Vous dites que si je vous avais suivis, j'aurais vu ce maudit bâtard ? J'aurais pu vérifier ses plaques ?

— Oui. Au lieu de cela, la police le poursuit en ce moment. Mais je doute fort qu'ils l'attrapent.

— Brendan a suivi le même entraînement à la conduite que nous. Il s'en débarrassera facilement.

Flynn acquiesça.

— Je sais. Je ne serais pas étonné qu'il revienne. Peut-être ce soir.

IL S'ATTENDAIT À une réaction de la part d'Anna. Comme il n'y en avait pas, il se tourna vers elle pour étudier son visage.

Il était blanc, comme de la glace qui aurait séjourné trop longtemps dans un congélateur. Il lui tendit la main et saisit la sienne.

— Je ne veux pas que tu te laisses bercer par l'idée que c'est fini. Les actions de Brendan se sont intensifiées. Il n'y a presque plus de délai entre ses différentes petites attaques. Il va nous sauter à la jugulaire, et nous sommes prêts.

Elle lui répond par un regard muet.

Il lui serra les doigts et la rassura.

— Rappelle-toi : c'est ce que nous faisons !

Elle secoua la tête.

— C'est ce que *tu* fais, pas moi.

— Et c'est tant mieux. Tu dois juste nous faire confiance.

Logan renchérit.

— Nous devons être en alerte et nous préparer à une attaque.

— Quel genre d'attaque ?

— C'est la grande question. Ton système de sécurité est de nouveau opérationnel, ce qui est une bonne chose. Mais nous ne pouvons pas compter là-dessus. Il l'a neutralisé la première fois. Il recommencera. J'ai programmé une alarme pour parer à cette éventualité. Ainsi, si le système est hors service, une alarme se déclenchera, déclara Flynn.

— Tu peux faire ça ?

— Absolument. Les systèmes de sécurité sont bien trop faciles à neutraliser.

— Alors nous restons assis ici et nous attendons ?

Sa voix avait grimpé dans les aigus à la fin. Elle se dégagea les mains et les leva, se frottant le visage.

— C'est trop incroyable !

— Je pense que Katina dirait la même chose. Elle aussi a

vécu l'enfer.

Anna secoua la tête.

— Bien sûr, mais elle avait vu et fait quelque chose. Ni moi ni les animaux ne méritons cela.

— Peu importe qui le mérite. C'est ce qui se passe, c'est ce qui est sur la table en ce moment. Il ne faut pas comparer la situation à une autre. Nous devons faire avec ce que nous avons.

Le ton de la voix de Logan était dur. Déterminé.

Flynn était d'accord. Mais il savait aussi qu'Anna ne vivait pas dans le même monde qu'eux. Les manigances d'anciens militaires lui étaient étrangères. Elle s'occupait de chiots et de chatons, et son plus gros problème était de payer les factures des vétérinaires et de trouver de quoi nourrir les animaux dont elle s'occupait. Un univers bien différent du sien.

D'un autre côté, c'était un bon équilibre. Il voyait le monde sous un jour bien plus agréable lorsqu'il était en sa compagnie. Bien sûr, les gens se comportaient souvent comme des ordures avec les animaux, et ceux-là, il les aurait emmenés joyeusement dans une ruelle sombre pour leur donner une leçon sur la dureté de la vie. Mais Anna n'était que bon cœur. Elle avait passé son existence à sauver des animaux. Elle avait juste besoin d'un coup de main. Et alors qu'il réfléchissait à ses paroles plus tôt, peut-être qu'un déménagement n'était pas une mauvaise idée. Être un peu plus loin de la ville serait une bonne chose. Il voyait bien que les voisins n'aimaient pas beaucoup qu'il y ait plus de trente ou quarante chiens qui aboyent. Il devait y avoir des règles en matière de bruit. Elle avait une licence commerciale, mais si les autorités de la ville trouvaient une raison de l'annuler ou de modifier la portée de la licence, il pensait qu'elles le feraient en un clin d'œil.

Surtout après ces événements, sa propriété serait considérée comme un problème. Ce n'était pas sa faute, mais la sienne. Et il en était terriblement désolé. Cependant, la seule chose qu'il pouvait faire était de la sortir de cette situation et de la garder en vie.

Chapitre 14

APRÈS AVOIR FINI un morceau de pizza, elle prit son café et se rendit à son bureau.

— Je vais mettre à jour le site Internet pour les deux autres chiens. Voir si on peut susciter de l'intérêt pour Jimbo et son copain, Duggy.

En réalité, elle souhaitait simplement retrouver une vie normale. Elle alluma son ordinateur et ouvrit le site Internet. Elle apporta rapidement les modifications nécessaires, puis plaça les photos de Jimbo et Duggy au premier plan. Elle baissa le prix de l'adoption, espérant susciter l'intérêt des internautes. Dès qu'elle eut terminé, elle prit le téléphone et appela le « Rabbit Rescue ». Elle espérait pouvoir confier son lapin à quelqu'un comme animal de compagnie. Mais après un certain nombre de jours, il n'était plus juste de le garder en cage. Il serait bien mieux au refuge. Il y avait plusieurs hectares de terrain, ce qui permettait aux lapins de courir librement, et la nourriture était assurée.

Elle savait qu'ils ne seraient pas ouverts à cette heure-là, mais elle pouvait laisser un message. Sachant qu'il s'agissait d'une petite entreprise comme la sienne, elle fut surprise d'entendre quelqu'un répondre. Elle expliqua qui elle était et ce dont elle avait besoin.

— Mon mari est en ville en ce moment. Vous voulez qu'il passe le prendre ?

Anna sursauta de surprise.

— Oui, ce serait très aimable. Je vous remercie. Au fait, connaissez-vous quelqu'un qui voudrait un hamster ? demanda-t-elle en plaisantant à moitié.

— Ma fille en cherche un. Je dirai à mon mari d'y jeter un coup d'œil pendant qu'il sera là-bas.

À la fin de cet appel téléphonique très positif, Anna se leva de sa chaise et se précipita dans la cuisine où les hommes étaient en train de discuter.

— Hé, Flynn ! Un homme va venir chercher le lapin. Il dirige un grand refuge pour lapins à l'extérieur de la ville. Ils seront ravis de le prendre.

— C'est bien. Je suis sûr que le lapin préférera être libre plutôt que dans une cage.

— Je ne sais pas pourquoi je n'y ai pas pensé plus tôt, déclara-t-elle. J'essayais de lui trouver une famille, mais tu as raison, c'est mieux d'être libre.

— C'est nettement mieux, déclara Logan.

— Il va aussi jeter un coup d'œil au hamster pour sa fille.

— Il est donc possible qu'après ce soir, il n'y ait plus que les deux chiens ?

Elle le regarda avec étonnement.

— Plus le serpent et les quatre chats.

Il rit.

— Quatre, c'est déjà pas mal !

Logan rit aussi.

— Je ferais mieux de ne pas dire à mon père que tu as des chats ici. Il aime beaucoup les félins.

Elle se retourna vers lui.

— Dis-lui ! Dis-lui ! Peut-être qu'il en prendra un ou deux.

— C'est quoi le problème avec les animaux ?

Elle expliqua comment elle en prenait soin et continuait à essayer de leur trouver un foyer.

— Mais si tu n'as plus d'animaux, que feras-tu ?

— Je me demande si je ne devrais pas vendre et déménager le refuge ailleurs. Un nouvel endroit où les chiens auraient plus de place. Elle grimaça : Je ne peux pas vraiment dire que je suis très tranquille ici après le meurtre de Jonas. Je ne me sens plus chez moi.

— Ce n'est pas une mauvaise idée. Mais une telle démarche coûtera de l'argent.

— Je sais. Mais la valeur des propriétés a augmenté et, si je quitte la ville, je pourrai peut-être avoir une meilleure situation financière.

— Tu veux dire que cet endroit pouvait rapporter de l'argent ?

Elle acquiesça.

— C'est le seul point positif. Mais il faudrait déplacer ou reconstruire tous les enclos. J'aurais besoin d'un endroit comme celui-ci, mais en mieux. Il faudrait que je trouve quelque chose qui rentre dans mon budget.

Les deux hommes se regardèrent. Elle se dirigea vers la cafetière et remplit sa tasse. L'argent était une véritable plaie dans son existence. Ce n'était pas juste. Tout ce qu'elle voulait, c'était sauver les animaux.

Elle regarda l'arrière de la maison.

— Je pense ramener le lapin et le hamster à l'intérieur. J'ai des cages de voyage pour eux.

Sur ce, elle posa sa tasse et sortit. Elle prit rapidement le lapin dans ses bras et le câlina de tout son cœur, se réjouissant de sa fourrure douce et son gentil tempérament. Elle le plaça ensuite dans une cage plus petite et lui donna quelques petites friandises. Le hamster était toujours dans une grande cage, et elle pensait que toute la cage pouvait partir avec lui. Elle prit les deux et les transporta dans la cuisine, les posant sur la table à côté des hommes.

— Je dois aussi trouver un foyer pour le serpent.

Logan la regarda avec intérêt.

— Tu as un serpent ?

Elle acquiesça.

— Il devrait vraiment aller dans un refuge pour reptiles.

— Y en a-t-il un à Houston ?

— Je ne sais pas. Je n'ai pas eu l'occasion de chercher. Je l'ai eu la veille du jour où Jonas a été tué.

—En effet. Il n'était pas là quand je l'étais, n'est-ce pas ?

Elle secoua la tête.

— Non. Elle jeta un coup d'œil au lapin et au hamster : Mais avec tous ces déplacements successifs d'animaux, je me dis que le serpent, avec sa grosse blessure au dos qui guérit lentement, serait peut-être mieux au refuge pour reptiles.

Elle leur adressa un sourire radieux, prit son café et dit :

— Je vais jeter un coup d'œil.

Elle retourna à son bureau. Elle ne savait pas ce qui était arrivé au serpent – le premier qu'elle ait eu ici – mais s'il s'agissait de l'animal de compagnie de quelqu'un, elle voulait s'assurer qu'il irait dans un meilleur foyer cette fois-ci. Et un refuge pour reptiles pourrait être le meilleur endroit pour lui. Si elle avait la chance d'en trouver un à proximité.

Elle passa plusieurs coups de fil, consciente qu'elle était à la limite de la chance, mais il était difficile de lâcher une idée une fois qu'elle l'avait prise à bras-le-corps.

Ses recherches portèrent leurs fruits. Elle trouva un refuge pour reptiles et plusieurs clubs de reptiles, qui gardaient souvent des animaux non désirés. Elle trouva quelques adresses électroniques et envoya des courriels, une description et des photos du serpent.

Elle hésiterait à reprendre des reptiles sans savoir quoi en faire. Ils étaient difficiles à vendre aux familles. Cependant, si elle pouvait trouver un endroit pour l'un d'entre eux ou si elle savait qui appeler lorsqu'on lui en donnerait un autre, c'était une autre histoire.

Satisfaite d'avoir fait ce qu'elle pouvait, elle se leva juste au moment où la sonnette de la porte d'entrée retentissait. Ce devrait être l'homme pour le lapin. En se dirigeant vers l'entrée, elle trouva les deux hommes qui l'attendaient. Logan était dans un coin du salon. Flynn se tenait à ses côtés alors qu'elle ouvrait la porte pour trouver un homme d'âge moyen qui lui souriait.

— J'ai entendu dire que vous aviez un lapin et un hamster.

Elle l'accueillit à l'intérieur et le conduisit à la cuisine.

— J'ai le lapin depuis quelques semaines. Il est temps pour lui de trouver un meilleur endroit. Je n'ai pas réussi à le faire adopter.

— C'est l'une des raisons pour lesquelles nous avons créé ce service de sauvetage. Souvent, ils sont simplement relâchés dans la nature et deviennent de la nourriture pour chien.

Elle le regarda longuement.

— Je sais que c'est difficile. C'est tellement difficile ! Elle lui montra le gros lapin : Le voilà, et il est en très bonne santé.

— Parfait. L'homme regarda le hamster et sourit : Apparemment, je connais une petite fille qui en cherche un.

Comme il prenait le lapin pour le placer dans le refuge, il n'y aurait pas d'échange d'argent. Elle sourit.

— En dehors des frais de vétérinaire du hamster, il n'a

pas coûté grand-chose, alors si vous voulez juste le prendre pour votre fille, ça me va.

L'homme la regarda, une question dans les yeux.

— Vous n'avez pas de frais d'adoption ?

Elle hocha la tête.

— En général, si, mais les hamsters ne sont pas très faciles à placer de toute façon.

Il sortit son portefeuille et lui donna vingt dollars.

— Achetez un sac de nourriture pour chien !

Elle l'accepta avec reconnaissance.

— Vous voulez un reçu ?

Il secoua la tête.

— Ce n'est pas nécessaire. Vous êtes d'accord pour que je garde les cages ?

Elle acquiesça.

— Oui. Merci de prendre soin du lapin. Nous avons besoin de plus de refuges dans ce monde.

Il porta les deux animaux jusqu'à la porte d'entrée. L'opération avait duré moins de vingt minutes. Elle avait déménagé deux autres animaux. Dès qu'il fut monté dans le véhicule et parti, elle retourna vers la maison, Flynn à ses côtés.

— Cela fait deux animaux de plus qui ont trouvé un foyer !

— Tu as passé une excellente journée, reconnaît Flynn. Je suis si heureux pour toi.

Elle sourit. Elle avait envie de l'enlacer, mais au lieu de cela, elle passa son bras sous le sien et dit :

— Je suis ravie.

Il posa le pied sur la première marche, et elle sauta rapidement sur la marche supérieure, avec l'intention de se retourner pour lui donner un baiser rapide, lorsqu'un son étrange se fit entendre et qu'une brûlure vive lui traversa le bras. Elle poussa un cri de douleur. Qu'est-ce qui venait de se passer ?

— À terre, sans bouger !

Elle n'avait pas l'intention d'aller où que ce soit. Mais à présent, son bras la piquait terriblement. Levant sa main, qui cachait la blessure, elle l'étudia, faisant le bilan de ce qui venait de se passer. L'énorme camion noir qui avait tenté de les faire sortir de la route passa devant la maison, le conducteur tenant une arme de poing et tirant des coups de feu sur la propriété.

Elle poussa un cri de stupeur alors que les balles pleuvaient sur eux. Elle se mit en boule le plus possible. Dans le fond, elle entendit Flynn crier :

— Occupe-toi d'Anna !

Le gros camion rugit, ses freins crissèrent lorsqu'il prit de la vitesse dans le virage. Un deuxième véhicule le suivait à toute allure.

Aussi soudainement que tout avait commencé, le silence tomba.

Elle s'allongea sur le porche, contrôlant sa respiration et son envie de crier.

— Tu vas bien, Anna ?

Elle se tourna vers la voix de Logan derrière elle. Il était juste à l'intérieur de la maison. Elle répondit, hébétée :

— Je pense que oui. Il est parti ?

— Oui, et Flynn le poursuit.

Avec l'aide de Logan, elle réussit à s'asseoir. Elle sursauta lorsqu'il lui toucha le bras.

— Il t'a tiré dessus ?

Elle secoua la tête.

— Je ne crois pas.

Debout dans la cuisine, elle trébucha jusqu'à la table et s'assit lourdement. À la lumière, elle vit le sang couler entre ses doigts et le long de son bras. Et bien sûr, dès qu'elle le vit, elle se sentit défaillir. Et puis la douleur la frappa. Elle baissa la tête vers la table et se concentra sur des respirations profondes. Elle ne pensait pas que la balle l'avait traversée, mais elle n'avait aucun moyen de le savoir car elle ne voyait même pas son bras.

— Laisse-moi jeter un coup d'œil ! dit Logan.

Ça va faire très mal.

Il retira délicatement ses doigts et posa un gant de toilette frais sur la plaie. Il exerça une forte pression dessus, ce qui la fit crier.

— Ça saigne pas mal. Il faut que je nettoie un peu pour voir si c'est grave.

— Grave ? Je suppose que je vais aller à l'hôpital. Elle regarda les animaux par la fenêtre. Les chats et les deux chiens. Tu peux t'en occuper ?

— Bien sûr que oui ! dit-il joyeusement. Bien que la priorité ne soit pas les animaux, mais de t'emmener à l'hôpital.

— C'est vrai, mais ils doivent avoir peur. Il y a eu beaucoup de bruit ici. Ce n'est pas l'environnement que je voulais pour aucun d'entre eux.

— Et il est peu probable que cela se reproduise. Une fois que nous aurons résolu ce problème, tu pourras retrouver ton mode de vie paisible.

— Et pourquoi est-ce qu'on dirait qu'« ennuyeux » est le prochain mot que tu vas utiliser ?

Il rit.

— Flynn a pris le gros camion, dit-il. Es-tu d'accord pour que je conduise ta voiture ?

Elle acquiesça.

— Il n'y a pas beaucoup d'options possibles.

— Non, sauf si tu veux payer une ambulance.

Elle ricana.

— Non seulement je ne paierai pas pour en avoir une, mais la situation est loin d'être assez mauvaise pour cela. Je peux probablement conduire moi-même, si tu veux rester ici et t'occuper des animaux pour moi, dit-elle avec espoir.

— Non. Je pense que Flynn sera bientôt de retour et qu'il pourra s'occuper d'eux.

Elle devait s'en contenter, car Logan ne bougerait pas d'un pouce. Sa main tenant à nouveau le gant de toilette fermement sur son bras, Logan attrapa son sac à main, puis le glissa sur son autre épaule. Il prit ensuite ses clés, éteignit les lumières, réinitialisa le système de sécurité et la conduisit à sa voiture en une minute. Il l'aida doucement à s'asseoir du côté passager, l'attacha et se dirigea en trottinant vers le côté conducteur.

— Tu n'as pas à me traiter comme une invalide. Je ne vais pas me briser.

— Mais nous ne savons pas combien de temps cela va durer parce que pour l'instant, tu te retiens.

Elle le regarda, interloquée, puis éclata de rire.

Avec un grand sourire, manifestement heureux de l'avoir déridée, il la conduisit directement aux urgences les plus proches.

Pendant qu'il conduisait, elle demanda :

— C'était le même camion, n'est-ce pas ?

Il acquiesça.

— Flynn et moi avons reconnu le chauffeur. C'était Brendan, c'est sûr.

— Il ne va vraiment pas s'arrêter tant que Flynn n'est

pas touché, n'est-ce pas ?

Logan lui jeta un coup d'œil en biais.

— Et même dans ce cas, il est peu probable qu'il le fasse. Il fait une fixation sur Flynn. Il y a des chances que ça se termine par la mort de quelqu'un.

— Tant que ce n'est pas Flynn.

— En effet. Mais je ne veux pas non plus que toi ou les autres soient blessés.

Elle secoua la tête.

— Non, ce ne serait pas très gentil. Elle regarda par la fenêtre, une véritable haine profonde brûlant en elle pour l'homme qui détruisait complètement sa vie : J'espère que Flynn l'attrapera et le battra à mort.

— Tu peux être sûre que nous l'attraperons. Si ce n'est pas aujourd'hui, ce sera demain.

— Il faut l'arrêter avant qu'il ne blesse quelqu'un d'autre. Il le faut.

Elle ne pouvait pas vivre avec ça.

IL N'ÉTAIT PAS question pour lui de laisser Brendan s'en tirer comme ça. Il avait entendu le cri de douleur d'Anna et savait qu'elle avait été touchée. Il avait regardé rapidement, réalisé que ce n'était pas grave, puis s'était précipité vers le camion. Mais après la série de balles qui avait frappé la maison, il ne pouvait plus en être sûr. Il savait que Logan veillerait sur elle. Ce que Flynn devait faire, c'était attraper cette ordure et l'écraser. D'une manière ou d'une autre. Ils devaient mettre un terme à tout cela pour toujours.

Brendan avait une longueur d'avance. Au détour d'une rue, Flynn aperçut le camion plusieurs rues plus loin. Il prit de la vitesse et arriva au feu juste avant qu'il ne passe au rouge. Puis il se lança à la poursuite du véhicule. Les flics allaient les poursuivre tous les deux. Un avis de recherche devait déjà être lancé sur le camion de Brendan depuis la dernière fois. Il n'arrivait pas à croire que les flics ne l'avaient pas attrapé, mais comme l'avait dit Logan, Brendan était sacrément doué. Il allait être difficile de l'arrêter. Si Flynn pouvait suivre Brendan quelque part, voir où il se cachait, ce serait une autre histoire.

Toujours à un pâté de maisons derrière, il regarda Brendan tourner brusquement à gauche. Il suivit et regarda Brendan prendre un autre virage dans une ruelle.

Cela pouvait être bon ou mauvais. Il passa devant pour surveiller ce que faisait Brendan et vit le camion prendre un virage à mi-chemin, dans ce qui semblait être une arrière-cour.

Flynn se rangea rapidement sur le côté, éteignit le moteur et les lumières, et courut à pied dans l'allée. S'il pouvait au moins trouver le camion, il saurait où Brendan était allé se terrer. À mi-chemin, il ralentit, étudiant chaque propriété au fur et à mesure qu'il avançait. Il s'agissait de maisons délabrées. D'après l'aspect des arrière-cours, il fallait plutôt dire que c'était un quartier louche de la ville, mais ce n'était peut-être qu'un quartier pauvre. Lorsqu'il arriva sur une rue dégagée, il vit un camion garé à mi-chemin, qui ressemblait à celui que Brendan avait conduit. Alors qu'il s'approchait, il vit Brendan s'affairer à jeter des objets à l'arrière du camion.

Flynn s'arrêta et considéra ses options. Il aurait été stupide d'y aller sans renfort, mais il ne pouvait en aucun cas se permettre de perdre la trace de Brendan. Flynn recula et sortit son téléphone, envoyant rapidement un message à Levi pour lui indiquer l'endroit où il se trouvait. Flynn n'avait qu'une idée générale de la rue où il était. Il activa le GPS de son téléphone et envoya les coordonnées à Levi.

Toujours caché dans la ruelle, gardant un œil sur Brendan, il envoya le texte suivant à Logan. En attendant une réponse, il fronça les sourcils. Il ne pouvait qu'espérer qu'il ne le regretterait pas.

Levi renvoya une confirmation.

« Reste à l'abri des regards. Les flics sont en route. »

Il fixa le message et se demanda si c'était une bonne ou une mauvaise chose. Parce que s'ils arrivaient avec des armes à feu, Brendan n'aurait plus rien à faire ici. Et Flynn ne pourrait en aucun cas arrêter le camion à pied.

Brendan se dirigea vers l'arrière de la maison. Si Flynn pouvait saboter le camion, Brendan serait coincé à pied, et il serait alors beaucoup plus facile de l'attraper.

L'arrière-cour était une vaste étendue d'herbe et le camion n'offrait aucune couverture. En étudiant les maisons voisines, il vit que la plus proche offrait une cachette grâce à sa cour clôturée. Il se faufila par la porte arrière de la cour du voisin jusqu'à ce qu'il puisse sauter la clôture près du camion. Il écouta attentivement et jeta un coup d'œil, mais ne vit personne. Rassemblant ses forces, il franchit la clôture d'un seul mouvement et atterrit en douceur de l'autre côté.

Il sortit son couteau et le planta dans le pneu arrière droit, puis se déplaça vers la gauche et fit de même. Au moins, Brendan ne pouvait plus utiliser ce véhicule pour s'enfuir. À l'intérieur du garage se trouvait une petite voiture. Mais Brendan ne pouvait pas non plus sortir la voiture sans déplacer le camion. Flynn se glissa à l'avant du camion et poignarda également les pneus avant. Il se leva pour jeter un coup d'œil sur le siège avant. On aurait dit que Brendan avait fait ses bagages pour un long voyage.

S'il ouvrait la porte du camion, cela déclencherait probablement une alarme, allumerait les lumières, et tout cela alerterait Brendan. En jetant un coup d'œil à l'arrière, Flynn vit plusieurs sacs de voyage. Comme si Brendan quittait la ville pour de bon. Ou du moins jusqu'à ce qu'il puisse concevoir son prochain plan d'attaque.

Eh bien, bonne chance ! Flynn avait l'intention de clore cette affaire avant que Brendan ne puisse faire un mouvement de plus.

La porte arrière de la maison claqua. Flynn n'avait nulle part où se cacher. Il y avait juste assez de place entre le garage et la clôture du voisin pour se faufiler derrière. Brendan jeta un autre sac à l'arrière du camion, puis s'arrêta et regarda fixement. Puis il se mit à jurer.

— Bon sang, qu'est-ce qui est arrivé à mes pneus ? Il se retourna et jeta un coup d'œil autour de la cour, à la recherche du coupable. Il courut à l'intérieur du garage, puis dans l'allée. Enfin, il revint vers le véhicule en criant des obscénités.

Flynn était sur le point de se lever, mais il se rendit compte de la situation dans laquelle il se trouvait. Il n'avait aucun moyen de se faufiler derrière Brendan. Alors qu'il ouvrait la porte du camion pour sortir ses sacs, Flynn arriva derrière Brendan, l'attrapa par le cou et lui asséna un coup à la tête sur le côté de la porte. Brendan tomba et roula, ses jambes s'agitant, attrapa Flynn, qui tomba à terre. Brendan fut sur lui en un instant, ses mains s'accrochant à la gorge de Flynn.

Flynn remonta les genoux et saisit Brendan à l'aine tout en tendant les bras pour lui enfoncer les globes oculaires dans le crâne. Brendan rugit. Mais ils avaient tous deux été formés aux tactiques militaires, et c'était un combat équitable.

Seul Flynn avait un enjeu un peu plus important : Anna.

L'idée qu'elle perdait son sang en ce moment même suffisait à Flynn pour continuer à donner des coups de poing et des coups de pied sauvages. En arrière-plan, il entendit faiblement les sirènes qui remplirent l'air. Soudain, Brendan fut arraché à Flynn et maintenu au sol.

Des armes furent pointées sur Flynn. Il leva la main et dit :

— Je suis Flynn. C'est lui qui a tiré.

Les flics ne le crurent pas.

— Retournez-vous sur le ventre, les mains tendues devant vous !

Il s'exécuta. La situation s'arrangerait bientôt. La meilleure chose qu'il pouvait faire était d'obtempérer. Tout ce à quoi il pouvait penser en ce moment était qu'ils avaient attrapé Brendan. Dieu merci, ils l'avaient vraiment capturé !

Il fallait maintenant le dire à Anna pour qu'elle puisse elle aussi se reposer tranquillement.

Chapitre 15

— DES NOUVELLES de Flynn ? demanda Anna, assise sur le lit dur de la salle d'urgence.

Ils attendaient l'arrivée du médecin. Logan avait raconté à l'infirmière comment Anna s'était fait tirer dessus, et elle se doutait qu'il ne faudrait pas trop longtemps pour obtenir des soins médicaux. D'un autre côté, c'était une grande ville. Des fusillades se produisaient presque tous les jours. C'était maintenant devenu une statistique comme une autre.

— Il a envoyé un texto pour dire qu'il avait suivi Brendan jusqu'à une maison. Les flics étaient en chemin, et Levi le savait déjà. Logan sortit son téléphone : Mais rien depuis.

— Tu peux peut-être contacter Levi et voir s'il en sait plus.

— C'est déjà en cours, acquiesça Logan, les doigts occupés sur son téléphone.

Lorsqu'il eut terminé, il s'assit et l'étudia.

— Tu n'as toujours pas repris tes couleurs. Comment te sens-tu ?

— Tremblante. Elle lui adressa un maigre sourire : Quand nous saurons où se trouve Flynn, je me sentirai mieux.

Ce fut alors que le médecin entra.

— Qu'est-ce que j'entends sur le fait qu'on vous a tapé dessus, jeune fille ?

— Tiré dessus, corrigea-t-elle. En fait, je n'ai aucune idée de la gravité de la situation.

— Jetons un coup d'œil !

Il joignit le geste à paroles. Ça faisait mal. Des larmes coulaient sur ses joues, elle n'arrivait pas à les retenir. Logan se dirigea vers le rideau et regarda la salle d'attente. Elle se dit que c'était pour lui donner un peu d'intimité. Tout ce qu'elle voulait vraiment, c'était se blottir contre l'oreiller et brailler.

Lorsque le médecin eut terminé, il dit :

— Cela aurait pu être bien pire. La balle a traversé la partie charnue du bras.

Elle le regarda fixement.

— Pardon ?

Elle regarda son bras, mais ne vit rien.

— Je ne pensais pas avoir une partie charnue de mon bras, dit-elle avec dégoût.

Le médecin sourit.

— C'est parfois un avantage de ne pas avoir que la peau sur les os.

Près du rideau, elle entendit Logan ricaner.

— Oui, bien sûr, ça te fait marrer. Maintenant, tu peux aller dire à tout le monde que je suis tellement grosse que la balle ne pouvait pas me manquer, plaisanta-t-elle.

— Je ne le ferais jamais, dit-il. D'ailleurs, tu n'es pas du tout grosse. Tu pourrais facilement prendre trois kilos de plus.

— Non. Je suis très bien comme ça. Elle fit appel au médecin qui se trouvait à ses côtés : N'est-ce pas, docteur ?

— Je ne vais pas me mêler de cette histoire.

Elle lança un regard à Logan.

— Tu vois ? Il est d'accord avec moi.

Logan ouvrit la bouche pour répliquer, puis la referma et

secoua la tête.

— Je mettrai ton manque de logique sur le compte de ta blessure. De toute évidence, c'est un handicap.

Elle lança un regard noir au médecin et lui dit :

— Vous ne m'avez pas dit si c'est grave.

— Non, en effet. Il faudra juste quelques points de suture et un nettoyage. Il faudra attendre quelques jours avant de pouvoir l'utiliser.

Elle le regarda, choquée.

— Vous savez que c'est mon bras droit, n'est-ce pas ?

— Vous savez combien de personnes me disent la même chose ici ? Il ramassa sa tablette et commença à s'éloigner, ajoutant : Je vais envoyer l'infirmière pour qu'elle nettoie la plaie. Puis je reviendrai pour vous recoudre.

— Je suppose que cela signifie que je vais rester ici pendant un certain temps ?

Logan acquiesça.

— Je vais sortir pour passer quelques coups de fil. Il se retourna pour la regarder et lui demanda : Ça va aller ?

Elle lui fit signe de s'en aller.

— Ça va aller. Va voir où sont Flynn et Brendan !

Quand il fut parti, l'infirmière arriva. Anna était très reconnaissante que Logan ne soit pas là parce qu'elle devenait un bébé pleurnichard dans ce genre de situation. Elle ne cessa de s'excuser auprès de l'infirmière.

L'infirmière dit :

— Détendez-vous autant que possible !

Enfin, l'infirmière termina. Essuyant ses larmes, Anna demanda :

— Puis-je m'allonger maintenant ?

En fait, l'infirmière l'aida à s'allonger.

— Je vais vous faire une piqûre pour que vous ne sentiez

rien quand le médecin viendra poser les points de suture.

— Ça va faire mal ?

Elle se sentait comme un bébé. Cela ne lui ressemblait pas du tout. Mais elle ne se souvenait pas de la dernière fois qu'elle avait subi un traumatisme physique. Et elle mettait cela sur le compte du choc autant que possible. Elle se sentait aussi très étourdie. La douleur de la dernière demi-heure lui faisait mal dans tout le corps. Et elle était frigorifiée.

La douleur de l'aiguille ne serait pas aussi forte que celle du nettoyage de la plaie. L'infirmière se pencha sur elle et lui toucha le front.

— Avez-vous froid ?

Anna acquiesça et ses dents commencèrent à claquer.

— Ça m'a frappée tout d'un coup.

— Je vais vous donner une couverture chaude. Allongez-vous ici et reposez-vous !

L'infirmière enleva ses gants, les jeta dans la poubelle et disparut. Anna se retourna pour que son bras blessé soit plus haut que ses jambes et se mit en boule. Et puis les larmes se mirent à couler. C'était si difficile d'arrêter. Lorsque l'infirmière revint, Anna tremblait de froid. Une couverture chaude l'enveloppa.

L'infirmière murmura :

— Calmez-vous ! Tout ira bien maintenant. Ce n'est qu'un choc. Donnez-vous quelques minutes pour vous adapter.

Puis elle repartit.

Enfin, ses larmes s'arrêtèrent et les frissons se calmèrent. De nouveau au chaud, Anna ferma les yeux et s'endormit.

Elle fut réveillée assez brutalement lorsque le médecin entra et demanda d'une voix vive et joyeuse :

— Vous êtes prête pour les points de suture ?

Elle le regarda et secoua la tête.

— Est-ce que quelqu'un est jamais prêt pour ça ?

Il lui adressa un sourire discret.

— L'alternative serait bien pire. Cousons ça !

Elle resta tranquillement dans cette position pendant qu'il s'occupait d'elle et faisait ce qu'il avait à faire. Heureusement, ce n'était que quelques tiraillements. Rien de grave.

Lorsqu'il eut terminé, il dit :

— Je vais vous prescrire des médicaments contre la douleur. Vous devez voir votre médecin dans dix jours. Si vous ressentez une douleur aiguë, si du pus s'écoule de la plaie, si des lignes rouges apparaissent le long de votre bras ou si vous avez un problème quelconque, vous devez aller voir votre médecin immédiatement. Mieux encore, revenez directement aux urgences ! Il attendit qu'elle le regarde droit dans les yeux avant d'ajouter : Vous me comprenez ?

Elle acquiesça.

— Je comprends.

— Je vais m'assurer qu'elle va bien, dit Logan dans l'embrasure de la porte.

Le médecin le regarda.

— Vous êtes son petit ami ?

— Non, un bon ami. Logan se rapprocha : Son petit ami a poursuivi l'enfoiré qui lui a fait ça.

Le médecin acquiesça.

— C'est une bonne chose. Je suppose que j'aurai bientôt un autre corps à rafistoler. Il remit l'ordonnance à Logan et sortit en rappelant : Je suis content que quelqu'un s'occupe d'elle. Nous en avons tous besoin.

Logan étudia le visage d'Anna, toujours allongée sous la couverture.

— Tu as besoin de passer la nuit ici ? Je pourrais peut-être arranger ça.

Elle secoua la tête.

— Non, ça va aller. Elle leva les yeux vers lui : Mais c'est terriblement difficile de bouger.

Il retira doucement la couverture et lui tendit les bras. Elle l'attrapa avec son bras valide et fit lentement levier pour s'asseoir.

Ce fut alors que l'infirmière revint en trombe.

— Oh, bien, vous êtes debout. Je suis venue vous apporter une écharpe. Gardez le bras surélevé pour soulager les articulations et ne l'utilisez pas pendant plusieurs jours. Vous comprenez ?

À ce stade, Anna trouva plus facile d'acquiescer à toutes les instructions. Elle ferait ce qu'on lui disait, et du mieux qu'elle pourrait. Mais honnêtement, comment pourrait-elle ne pas utiliser son bras principal ? Ce serait presque impossible.

Heureusement, la balle n'avait pas touché d'os ni d'artère, et c'était une petite blessure comparée à une balle qui aurait traversé ses organes. C'était un inconvénient, mais elle s'en accommoderait.

Cela aurait pu être bien pire.

FLYNN APPELA ANNA. Pas de réponse. Avaient-ils pensé à prendre son téléphone avant de se précipiter à l'hôpital ? Il ne pouvait que supposer que c'était là qu'ils se trouvaient. C'était là qu'il l'aurait emmenée. Mais comme elle ne répondait pas à son portable…

Il composa rapidement le numéro du refuge et tomba sur le répondeur. Il appela ensuite Logan.

— Elle va bien, dit Logan. La balle a traversé les tissus

mous de son bras. Elle a des points de suture et son bras est bandé. Nous nous dirigeons vers sa voiture pour la ramener chez elle.

— Oh, Dieu merci ! Flynn se pinça l'arête du nez en prononçant une prière silencieuse de remerciement : Quand je me suis enfui comme ça, après la deuxième rafale de balles, je n'étais pas sûr qu'elle soit gravement blessée. J'étais sur le point de courir à l'hôpital pour voir si elle était encore là-bas.

— Nous devons aller chercher une ordonnance, ce qui prendra au moins dix minutes, donc nous devrions être à la maison dans une demi-heure. Elle est fatiguée, encore un peu sous le choc, mais elle va bien et elle est en forme pour se battre, comme en témoigne le fait qu'elle n'a pas voulu rester plus longtemps à l'hôpital.

— Non, je ne pense pas qu'elle aime les hôpitaux.

Il pouvait se tromper, mais il ne le pensait pas.

— Je ne pense pas que quiconque les aime. Quoi qu'il en soit, peux-tu nous retrouver chez elle ? Je veux qu'elle monte dans le véhicule et qu'elle rentre le plus vite possible. Elle a l'air un peu pâle, soupira Logan.

En arrière-plan, Flynn pouvait l'entendre crier :

— En effet. Dis-lui que je vais bien ! Il ne faut pas s'inquiéter.

Et cela – plus que tout – permettait à Flynn de se sentir beaucoup mieux. Si elle était d'humeur fougueuse, c'était qu'elle allait très bien.

— Je serai à la maison dès que possible, dit-il. La police a placé Brendan en garde à vue. Mais je reste ici au cas où ils auraient besoin de moi. Je ne veux pas que les flics reviennent chez nous ce soir. Elle a assez souffert.

— Ce n'est pas ta faute. Pense à l'avenir !

Lorsqu'il mit fin à l'appel, Flynn se tourna pour étudier

la zone. Les flics étaient partout. Mais encore une fois, ce type avait été impliqué dans plusieurs courses poursuites et était suspecté d'une fusillade et d'un meurtre. La propriété, le véhicule et Brendan lui-même devraient faire l'objet d'une grande attention. Flynn voulait aller au poste de police et tabasser Brendan pour obtenir des réponses. Mais il savait que cela ne se passerait pas bien. Il s'approcha d'un policier et lui demanda :

— Vous avez besoin de moi ici ?

Le policier l'étudia.

— Je veux votre déposition. Donnez-moi une version succincte maintenant, et vous pourrez aller au commissariat plus tard !

Cela prit un peu de temps, mais quand il eut fini de tout passer en revue, le flic avec son bloc-notes dit :

— D'accord, on se voit au poste demain matin. Nous allons passer cet endroit au peigne fin. Il nous faut la preuve que c'est lui qui a tué Jonas, et ce serait bien d'avoir la preuve qu'il est responsable de la fusillade et de l'agression d'Anna.

Cela souleva plusieurs autres questions dans l'esprit de Flynn. Lorsqu'il eut terminé et fut libre de partir, une autre demi-heure s'était écoulée. Une demi-heure qui n'avait pas vraiment d'importance parce qu'il savait maintenant que Brendan avait été arrêté et que la vie pouvait reprendre son cours normal. Ils avaient besoin de toutes les preuves possibles pour faire porter le chapeau à Brendan. Flynn ne voulait pas voir cet enfoiré sortir de prison pendant les trente prochaines années.

Une partie de lui voulait voir Brendan mourir dans une explosion de coups de feu pour ne plus avoir à s'inquiéter de lui. Mais maintenant qu'il était en garde à vue, Flynn était presque sûr qu'ils allaient devoir faire face à un procès interminable. Enfin, tant que Brendan n'avait pas la possibilité d'être libéré sous caution, Flynn s'en accommodait.

En pensant à ça, il appela Levi.

— Je suppose qu'il n'y a aucun moyen d'empêcher Brendan d'être libéré sous caution, n'est-ce pas ? Même avec des accusations de meurtre contre lui, n'est-ce pas ?

— Seulement s'ils peuvent le mettre sur son dos, déclara Levi. S'il est coopératif et accepte de rester dans les parages, ils peuvent le libérer sans caution. S'ils ont des preuves valables pour l'inculper de meurtre ou de tentative de meurtre, ils peuvent encore le libérer s'il paie une caution. Sinon, ils peuvent le garder en détention pendant vingt-quatre heures sans l'inculper.

— Nous ne pouvons pas le laisser payer sa caution, déclara Flynn. Je sais que son frère est du coin, mais Brendan est un nouvel arrivant dans la région, sans emploi.

— C'est un bon point. Je vais passer un coup de fil au procureur. Il nous est redevable après la dernière fois. Peut-être qu'il peut user de son pouvoir pour influer sur la caution.

Flynn avait oublié le problème de Rhodes avec Sienna et le procureur. Rhodes avait sauvé la vie du procureur. Il était toujours bon d'avoir des amis haut placés, surtout dans des cas comme celui-ci. C'était assez important. Ce n'était pas comme si Flynn voulait faire quelque chose d'illégal, mais s'il y avait des portes qui pouvaient être fermées, il ne voulait pas que Brendan en sorte. S'il se remettait à traquer Flynn, ce serait grave. Mais Anna aussi continuerait à être menacée et blessée. Et cela ne pouvait plus durer.

Le temps qu'il rejoigne son camion et qu'il reprenne la route principale en direction de chez elle, il sentit une partie de son adrénaline se dissiper. C'était étonnant de voir à quel point l'adrénaline était bénéfique, car elle permettait de continuer à avancer quand tout était sous tension. Mais une fois que la dose d'adrénaline retombait, elle laissait un vide.

Il espérait qu'il restait de la pizza. Il en mangerait en arrivant. Mais il savait que les animaux pouvaient aussi ressentir le stress de ces événements. Peut-être que, ce soir, ils pourraient enfin passer une bonne nuit de sommeil pour la première fois depuis des jours.

Lorsqu'il s'engagea dans l'allée, la voiture d'Anna était déjà là. Ce qui était une bonne chose. Il en sortit, verrouilla le camion et se dirigea vers la porte d'entrée. Le système de sécurité était enclenché. Il composa le code pour ouvrir la porte d'entrée et appela :

— Anna, es-tu là ?

Il referma la porte, réinitialisa l'alarme et se retourna pour voir Logan debout dans le salon. Un doigt sur ses lèvres.

— Elle vient de s'endormir sur le canapé.

Flynn jeta un coup d'œil. Bien sûr, elle était recroquevillée, un oreiller sous la tête et une couverture sur les épaules. Elle dormait. Mais son visage était pâle, cireux. Il se pencha, embrassa doucement sa joue et murmura :

— Je suis désolé. Mais c'est fini maintenant. Tu es en sécurité.

Elle ne bougea pas, et il réalisa que, entre les analgésiques et le stress, elle était morte de froid. Il se retourna vers Logan.

— Tu aurais probablement dû l'emmener dans son lit avant qu'elle ne s'effondre.

— J'ai essayé, dit Logan. Mais elle était un peu trop têtue. Elle voulait être ici quand tu reviendrais.

— Comme si cela pouvait aider. Maintenant, je dois la porter à l'étage, plaisanta-t-il.

— Et tu ne rencontreras aucune objection, dit Logan tranquillement. Il y a de fortes chances que tu restes dans la chambre à côté d'elle.

Flynn lui jeta un coup d'œil et dit à voix basse :

— Je n'aimerais rien de mieux.

— Je suis sacrément content qu'ils aient attrapé Brendan. Logan secoua la tête : Je me demandais ce qu'il faudrait pour faire tomber cette ordure.

— Et je ne suis toujours pas sûr qu'il restera à terre. Il y a trop de façons pour qu'il s'en sorte. Et s'ils n'ont pas assez de preuves pour l'accuser du meurtre ? Nous ne pouvons pas prouver qu'il s'agit d'une fusillade si aucun témoin oculaire n'a vu le camion ni lui. Ce serait ma parole contre la sienne. Il y a tellement de preuves indirectes ! Et avec le fait qu'il ait un frère proche et qu'il soit aussi un ancien militaire, un juge souple pourrait le laisser sortir pendant qu'ils recueillent plus de preuves.

— Quoi ? Certainement pas.

Flynn haussa les épaules. Il tourna un visage fatigué vers Logan et dit :

— Toi et Levi savez tous les deux que cela peut arriver. Vous avez vu toutes sortes de choses arriver dans les tribunaux. Honnêtement, je préférerais que ce type soit mort. Mais ce n'est pas de mon ressort.

— Assure-toi que ce n'est pas par tes mains ! prévint Logan. C'est dur dans notre métier. Nous avons dû tuer. Mais quelquefois nous n'avons pas le choix et nous devons nous abstenir.

— Je sais bien. Cela ne veut pas dire que je n'en aie pas envie. Il jeta encore un regard à Anna : Je lui mettrais une dérouillée si je pouvais mettre la main sur lui, rien que pour ce qu'il a fait à Anna. Il entra dans la cuisine : Il reste des pizzas ?

— Mon Dieu, je l'espère. Je sais qu'il y a de la bière.

En quelques minutes, les deux hommes s'assirent devant une pizza réchauffée et une bière fraîche. Flynn étira les jambes en soupirant de bonheur après trois morceaux. Il prit une longue gorgée de bière et dit :

— Bon sang, je suis content que ce soit fini !

Logan acquiesça.

— Tu penses que c'est prudent de vous laisser seuls tous les deux ce soir ?

Flynn fit un sourire de travers à son ami.

— Si elle n'était pas blessée, je dirais qu'il faut se tirer d'ici, mais puisqu'elle dort comme elle le fait, blessée comme elle l'a été… Il secoua la tête : Il faudra dormir ce soir.

Logan éclata d'un rire bon enfant.

— Je comprends. Je suis vraiment surpris, même si je ne devrais pas l'être, car j'ai entendu parler de vous deux. Mais maintenant que je vous vois ensemble, je suis heureux pour vous. Vous êtes vraiment bien assortis.

Flynn haussa les épaules.

— Je ne sais plus très bien ce que cela signifie. Mais je sais que j'ai trouvé quelqu'un de très spécial, et je veux m'accrocher à elle.

— C'est bien. Alors tu ne feras rien de stupide. Je doute qu'on la pousse à faire quelque chose pour lequel elle n'est pas prête.

— Non, mais il est temps pour elle de changer. Elle envisage de vendre et de déménager un peu en dehors de la ville. Elle espère obtenir plus de terrain pour les animaux et pouvoir agrandir le refuge. Mais cela dépend de beaucoup de choses, y compris de l'argent. Il tendit sa bouteille de bière et trinqua avec celle de Logan : Ton père a fait une bonne chose avec ce chèque.

Logan haussa les sourcils.

— Il en a envoyé un ?

Flynn acquiesça.

— J'ai vu le nom de la société dessus. Elle avait besoin de cet argent.

— Le vieux en a, et il fait don de centaines de milliers de dollars par an à des organisations caritatives. Il n'y a pas de raison qu'une partie n'arrive pas ici.

— C'est une excellente façon de voir les choses.

Lorsque Flynn termina sa bière, il se leva et remit la bouteille vide dans la caisse, avant d'en prendre une autre. Ce faisant, il entendit un bruit étrange. Il se figea, se retourna et regarda dans l'arrière-cour. Les deux chiens étaient dans l'enclos ; il fallait les faire rentrer dans leurs cages. Et il était déjà très tard. Mais il savait qu'Anna s'inquiéterait. Pourtant, il ne voyait pas la cause de ce bruit. Toujours méfiant, il savait que des sons nocturnes normaux pouvaient facilement être effrayants.

— Il reste quatre chats et deux chiens dont il faut s'occuper. Je ferais mieux d'y aller.

— Laisse-moi t'aider !

Laissant la bière derrière eux, les deux hommes sortirent par la porte arrière. Flynn conduisit Jimbo et Duggy à leurs cages, leur donna de l'eau fraîche et de la nourriture et les embrassa tous les deux. Ils se dirigèrent vers les chats, s'occupèrent rapidement de la litière et, avec l'aide de Logan, Flynn vida quelques boîtes de nourriture pour chats et leur donna de l'eau fraîche. Il regarda les longues rangées de cages et dit :

—Elle n'a jamais eu moins d'animaux.

— Elle a certainement besoin d'en faire plus. Mais après

ce bazar… Logan secoua la tête : Tu as raison. Peut-être qu'il vaudrait mieux déménager.

— Il sera difficile de s'en remettre ici. Je ne pense pas qu'il y ait beaucoup d'organisations caritatives qui voudront faire des dons avec toute la mauvaise publicité dans les journaux. J'aimerais me tromper, mais…

— Je pourrais demander à mon père d'aider. Pas tellement pour donner plus d'argent, parce que je ne sais pas ce qu'il fait avec ça, mais il pourrait sûrement faire passer un mot où il faut. De plus, elle a des biens immobiliers de premier ordre ici. Elle devrait peut-être déménager. Si elle en a les moyens, c'est le meilleur moment car elle n'a pas beaucoup d'animaux. On peut demander à toute la bande de lui donner un coup de main un jour, pour que ce soit rapide et simple.

— Tu crois que ça dérangerait les gars ?

Logan ricana.

— Tu sais qu'ils aiment être au top, tout faire en même temps et mieux que quiconque. Ils mourraient pour elle, surtout si elle doit être ta dulcinée !

Logan haussa les sourcils.

Flynn sourit.

— Je suppose que c'est la raison d'être d'une famille.

Logan lui donna une tape sur l'épaule.

— N'oublie pas que tu fais partie de l'équipe maintenant ! Tu es à nouveau l'un des nôtres. Tu n'es plus seul dans le froid.

Flynn jeta un nouveau coup d'œil à Logan et sourit.

— Avec toi, mon pote, je ne l'ai jamais été. Merci d'avoir toujours été là.

— C'est à ça que servent les amis.

Chapitre 16

ANNA SE RÉVEILLA dans un silence profond et troublant. Il lui fallut un long moment pour comprendre où elle se trouvait exactement et pourquoi elle était sur son canapé avec une couverture sur elle. Dès qu'elle se redressa en sursaut, elle se souvint. La douleur dans son bras commença à se faire sentir. Elle se pencha en arrière et prit plusieurs respirations profondes, attendant que les élancements se calment. Son bras était en écharpe, mais une partie s'était déplacée. Le bandage était solide et devrait suffire pour la nuit. Il faisait noir dehors. Et il semblait qu'elle était seule. Elle se leva, se dirigea vers la salle de bains du rez-de-chaussée, utilisa les toilettes et se lava les mains. Elle regarda son visage dans le miroir et vit des gouttes de sang séché, son teint cendré et les grandes poches sous ses yeux.

— Waouh, eh bien tu n'es pas très en beauté !

De sa main gauche, elle attrapa maladroitement un gant de toilette, le mouilla et tenta tant bien que mal de s'essuyer le visage. Elle ne savait pas trop comment le sang s'était retrouvé là. Il était hors de question qu'elle prenne une douche ce soir-là. Elle ne savait pas trop pourquoi elle s'était réveillée. C'était l'une des raisons pour lesquelles elle détestait les médicaments autant qu'ils la détestaient. Ils ne fonction-naient jamais aussi bien ou aussi longtemps qu'ils auraient dû.

Elle ouvrit la porte de la salle de bains et sortit. La lumière était allumée dans la cuisine, mais aucun bruit n'en provenait. En entrant dans la pièce bien éclairée, elle remarqua qu'une moitié de pizza avait disparu et que plusieurs bouteilles de bière, ouvertes et vides, se trouvaient sur la table. Les hommes étaient donc soit devant vers les véhicules, soit derrière avec les animaux.

Mon Dieu, elle n'avait pas fait rentrer les chiens ! Elle ouvrit la porte et écouta. Mais elle n'entendit rien. Elle avait envie d'appeler les chiens, mais elle avait vécu suffisamment de choses effrayantes ces derniers temps et ne voulait pas attirer l'attention sur elle. Puis elle entendit des voix, des rires et une porte qui se refermait. Elle s'appuya contre le chambranle de la porte, soulagée, et ferma les paupières en réalisant que Flynn et Logan étaient à l'intérieur avec les chats. Son téléphone sonna. Elle y jeta un coup d'œil et reçut sa deuxième bonne nouvelle de la journée. Le centre de reptiles avait de la place pour son serpent. Elle allait les contacter pour organiser le transfert.

Elle sourit aux deux hommes qui s'approchaient d'elle.

— Merci de vous être occupé des animaux. Le serpent aura une nouvelle maison dès que je pourrai m'en occuper.

— C'est une excellente nouvelle ! déclara Logan.

— Qu'est-ce que tu fais là dehors ? s'emporta Flynn. Tu es blessée. Tu devrais être de retour au lit – le tien, pas sur le canapé.

— Merci, Flynn. Comment vas-tu, toi ? C'est gentil de te préoccuper de mon état, mon cher. Mais s'il te plaît, prends sur toi et ne sois pas un enfoiré !

Logan hurla de rire.

— Oh, mon Dieu, vous êtes si parfaits l'un pour l'autre !

Flynn et Anna se tournèrent tous deux vers Logan pour

lui jeter un regard noir. Il gloussa, mais le ricanement s'estompa. Flynn lui fit signe. Elle se retourna et rentra dans la maison. Elle décida de suivre son ordre silencieux parce qu'elle se sentait suffisamment fatiguée pour aller s'asseoir, et non pas parce qu'il lui avait dit de le faire. Elle trouva à la table de la cuisine une chaise qu'ils n'avaient sans doute pas utilisée et s'y effondra. Elle regarda la pizza, se demandant si elle en voulait un morceau.

— Tu en veux ? demanda Logan, son regard suivant le sien.

Elle sourit.

— Pourrais-tu le mettre au micro-ondes quelques secondes pour moi ? Ça te gênerait ?

— Pas du tout.

Il prit deux tranches dans les deux boîtes différentes, les plaça dans une assiette et les mit au micro-ondes.

Elle s'assit et l'odeur de la pizza envahit la pièce.

Flynn demanda :

— Tu veux une bière ? Bien que ce ne soit probablement pas une bonne idée avec les analgésiques.

— Je ne suis pas une grande buveuse de bière de toute façon. Merci. Maintenant, s'il y avait du thé…

Logan appuya sur le bouton de la bouilloire en lui apportant la pizza.

— L'eau chaude arrive.

Elle regarda la pizza, sourit et dit :

— Merci. C'est bien de savoir que tu es *clean*.

Il s'esclaffa.

— C'est vrai. Mais je ne sais pas ce qu'il en est de ce type-là !

Elle se tourna de côté, jetant un coup d'œil à Flynn.

— Il est plus du genre chien de garde.

Logan éclata de nouveau de rire.

Flynn lui lança un regard noir.

— Ça suffit ! Ferme-la !

Logan se calma un peu, mais ses yeux pétillèrent lorsque son regard passa de l'un à l'autre.

— Je suppose que maintenant que tu es en sécurité, je peux rentrer chez moi, dans ma propre maison ?

— Tu as une maison ? demanda Anna avec intérêt. Je croyais que tu vivais dans le complexe de l'entreprise.

— Oui, en effet. Et mon père n'est pas loin. Il possède une grande maison dans laquelle j'ai ma propre suite. Il lui adressa un sourire gêné : Il me semble idiot d'acheter ma propre maison alors qu'il a un appartement pour moi et que je vis dans le complexe.

— Sympa, pas de facture nulle part. Elle hocha la tête : Sacrément sympa !

Il rit.

— Il n'y a que mon père et moi, dit-il. Je n'ai pas vraiment envie de déménager et de perdre la relation que nous avons.

— Je ne le ferais pas non plus, dit-elle doucement. Si vous avez une relation à laquelle vous tenez, vous faites ce qu'il faut pour l'entretenir.

— C'est exactement ce que je pense. D'ailleurs, je ne serais jamais là pour m'occuper d'un appartement, alors heureusement, les habitants des deux logements en question s'occupent de tout pour moi. Il sourit : Et je suis un piètre cuisinier.

— Mais vous avez Alfred. J'aimerais bien avoir un Alfred à moi, dit-elle d'un ton nostalgique. Mon Dieu, il est parfait ! Il s'occupe de tout, de la maison. Il cuisine. Il fait le ménage… Elle secoua la tête : Nous devrions tous avoir un

Alfred.

— Je ne peux pas te contredire.

Flynn regarda Logan.

— Ton père a plusieurs Alfred. Et notre homologue en Afrique, Bullard, a Dave, qui est presque un clone d'Alfred. Et en Angleterre, l'un de nos amis, Charles, a un deuxième clone d'Alfred. Il y a quelque chose dans ce type de gentlemen.

— *Gentlemen.* Oui, Alfred l'est tout à fait. Il est presque comme un vieux majordome.

— Le complexe dispose de membres du personnel qui viennent s'occuper de tout. Il s'agit d'une surface de plus de vingt-cinq mille mètres carrés. C'est beaucoup trop grand pour qu'une seule personne puisse le nettoyer.

— Cela doit être un cauchemar, dit-elle. J'ai cru comprendre que l'enceinte était placée sous haute sécurité.

— Absolument.

Le téléphone de Flynn sonna à ce moment-là. Il le sortit de sa poche, regarda le numéro et soupira.

— Levi ne dort jamais.

— ELLE VA bien. Elle a des points de suture dans le biceps et son bras est en écharpe. Elle est encore un peu pâle, mais elle a des antibiotiques et des antidouleurs. Nous sommes chez elle. Une bonne nuit de sommeil et elle ira mieux demain, déclara Flynn. Des nouvelles de ce que la police a trouvé ?

— Pas encore. Nous les contacterons dans la matinée. Je voulais juste savoir si Anna était saine et sauve. Katina est folle d'inquiétude.

— Dis-lui qu'Anna va bien !

— Elle est allée se coucher. Je vais frapper et la prévenir.

Elles peuvent se contacter demain matin aussi.

Levi raccrocha ensuite.

Flynn se retourna vers Anna.

— Tout comme Flynn, tu as une famille dont tu n'as même pas conscience. Et avec le temps, elle ne fera que s'agrandir et se renforcer, dit Logan. Il remit sa longue jambe à la verticale : Si vous pensez que vous êtes prêts pour la nuit, je vais rentrer à la maison.

Anna se leva et courut vers lui en l'enlaçant de son bras valide.

Il la serra doucement dans ses bras et déposa un baiser sur son front.

— Maintenant, sois sage ! Je ne veux pas te revoir à l'hôpital de sitôt.

Elle lui sourit.

— J'ai l'intention de ne jamais y retourner. Bien sûr, je pourrais finir par devoir y envoyer Flynn pour qu'il sache ce que ça fait.

Flynn parla derrière elle.

— Comme si je ne le savais pas…

Elle se recula et dit à Logan :

— Merci de t'être si bien occupé de moi.

Ils le suivirent jusqu'à la porte d'entrée et restèrent sous le porche jusqu'à ce qu'il monte dans le camion et s'en aille.

Flynn ferma la porte, réinitialisa l'alarme et dit :

— Viens, allons te mettre au lit à l'étage !

Elle regarda autour d'elle.

— Qu'en est-il de ce désordre ?

— Demain est un autre jour. Je peux laver la vaisselle demain matin. Pour l'instant, tu es prête à t'effondrer, et je ne peux pas dire que j'en sois très loin moi-même.

Il attendit qu'elle monte les escaliers, s'assura que toutes les lumières étaient éteintes en bas, puis la suivit. Il s'arrêta dans l'embrasure de la porte de sa chambre.

— Ça va aller pour la nuit ?

Elle se frotta le visage de la main gauche.

— Je suis en train de réaliser à quel point ce sera gênant. Je ne peux pas enlever ma blouse avec mon bras comme ça.

Il vit les larmes au coin de ses yeux et se sentit vaciller.

— Viens, on va te préparer pour aller au lit !

Il tira la literie, lui enleva ses chaussures et ses chaussettes en quelques secondes et l'aida à enlever son pantalon.

Elle le regarda et lui dit :

— Tu as beaucoup d'expérience dans ce domaine.

Cela lui arracha un rire.

— Pas autant que tu le penses. Maintenant, enlevons cette blouse !

Il étudia d'abord l'écharpe, puis souleva doucement les bras de la jeune femme pour pouvoir la lui passer par-dessus la tête. Comme s'il s'agissait d'un bébé, il retira délicatement un bras de son tee-shirt, puis le passa par-dessus sa tête et le long de son bras blessé.

— Qu'est-ce que tu veux pour dormir ?

Elle montra la commode.

— J'ai un grand tee-shirt en coton que j'aime bien.

Elle était posée sur la commode. Il l'attrapa et revint vers elle.

— Chérie, il faut enlever le soutien-gorge.

Elle jeta un coup d'œil vers le bas et grimaça.

— Oui, c'est vrai.

Elle se leva, lui tourna le dos et dit :

— Décroche-le, s'il te plaît !

C'est ce qu'il fit, et lorsqu'elle se pencha en avant, le vêtement réussit à tomber de ses bras. Il leva ensuite le bon bras en l'air, et enfila le grand tee-shirt par-dessus son bras et sa tête, suivis lentement par son bras droit. Doucement, il remit son bras endolori dans le harnais.

Elle se retourna.

— Bon sang, ça fait mal !

— Ça ira beaucoup mieux demain matin.

Elle secoua la tête.

— J'en doute. Elle jeta ses vêtements sales sur le côté et s'assit sur le bord du lit : Je devrais me brosser les dents, mais je suis tellement fatiguée !

— Mais tu te sentiras mieux. Allez, viens ! Finissons-en, et tu pourras aller te coucher.

Elle le laissa la conduire à la salle de bains, où il mit du dentifrice sur sa brosse à dents, la passa sous l'eau et la lui donna. Puis il prit le gant de toilette, l'aspergea d'eau chaude et, pendant qu'elle se brossait les dents, il tamponna délicatement le sang séché dans ses cheveux. Son but était de la laisser dormir sans qu'elle ait à subir ces tiraillements pendant la nuit. Il rinça le tissu avec de l'eau chaude et du savon, et lorsqu'elle eut fini de se brosser les dents, il lui lava doucement le visage.

Elle sourit.

— Je me sens comme une enfant de deux ans.

Avec le même gant de toilette, il termina le travail en lavant son bras blessé et ses deux mains.

— Parfois, nous avons tous besoin d'être soignés. Maintenant, au lit !

Elle se dirigea vers le lit, se glissa sous les couvertures et s'allongea. Elle leva les yeux vers lui, dans l'expectative. Elle n'était pas du tout sûre de ce qu'elle voulait, mais il remonta le drap, se pencha et l'embrassa sur le front. Puis il tendit la main vers la lumière.

— Attends !

Il la regarda de haut en bas.

— De quoi as-tu besoin ?

Une rougeur tacha son cou et ses joues d'un beau rose, mais son regard était direct et sa voix claire lorsqu'elle répondit, chaleureusement et avec amour :

— Toi.

— Chérie, commença-t-il à protester.

Il avait envie d'elle, mais elle était blessée, ce n'était pas une bonne idée.

Elle tapota le côté du lit.

— Pour dormir avec moi. Peut-être juste me tenir jusqu'à ce que je m'endorme, avoua-t-elle. Il se peut que j'aie trop mal pour faire quoi que ce soit d'autre. Si tu pouvais trouver le moyen de dormir à mes côtés ce soir…

Il baissa la tête et l'embrassa passionnément, profondément, juste assez pour qu'elle sache qu'il était là lorsqu'elle serait prête.

— Tout à fait. Donne-moi juste une minute pour aller chercher mes affaires dans l'autre pièce !

Elle acquiesça et s'installa plus confortablement, ses yeux se fermant.

Il se rendit dans la chambre d'amis, où il avait toujours séjourné, puis revint dans la sienne. Épuisé, il se prépara à aller se coucher. Il avait prévu de prendre une douche, mais ce n'était pas vraiment nécessaire ce soir. Il se lava le visage, se brossa les dents et, lorsqu'il retourna dans la chambre, il la trouva presque endormie. Il se glissa sur le côté. Elle se tourna instinctivement vers lui et il l'entoura doucement de son bras, l'attirant un peu plus près. Mais elle se rapprocha en roucoulant, se blottissant contre sa poitrine.

— Merci, murmura-t-elle.

Il lui tendit la main et lui caressa doucement le dos.

— Je t'en prie. Il n'y a pas d'autre endroit où je préférerais être en ce moment.

Avec un sourire heureux, elle s'endormit.

Il la suivit peu après.

Chapitre 17

L E LENDEMAIN MATIN, Anna se réveilla entourée de la chaleur intense qui se dégageait de Flynn. Elle éprouvait un tel sentiment de bien-être qu'elle ne pouvait s'empêcher de se blottir contre lui. Elle bougea son bras blessé à titre expérimental. Elle ne se sentait pas trop mal.

Elle s'éloigna de l'homme endormi à ses côtés et se dirigea vers la salle de bains. Elle se demanda si elle ne devrait pas prendre une douche. Elle pourrait probablement enlever le tee-shirt toute seule. Si elle laissait le bandage, est-ce que ce serait mieux ou pire ?

Lorsqu'elle réalisa qu'elle avait encore du sang séché dans les cheveux, même si Flynn avait fait de son mieux la nuit dernière pour le laver, elle décida que la douche était obligatoire. Elle jeta un coup d'œil par la fenêtre pour voir la lumière du soleil. C'était donc le matin. Et les animaux attendaient.

Elle ouvrit le robinet, ferma la porte et attendit que l'eau se réchauffe. Elle enleva sa culotte et son tee-shirt, en prenant bien soin de ne pas se cogner le bras, puis passa sous le jet d'eau, le bandage en place. Elle fit de son mieux pour le garder hors de l'eau, mais elle savait que ce n'était pas possible. Le simple fait de rester sous la chaleur, alors que l'eau ruisselait sur sa tête, lui procurait un sentiment d'apaisement. Avec du savon et un gant de toilette, elle se fit un bon lavage, puis fit de son mieux pour se shampouiner les cheveux, les lavant deux fois afin d'enlever tout le sang. Lorsqu'elle eut terminé, elle se retourna pour apercevoir une ombre derrière les portes vitrées.

Un cri lui échappa et elle tomba.

La porte s'ouvrit immédiatement.

— Anna ? Ce n'est que moi.

Elle le regarda fixement et la peur se dissipa lentement. Puis elle se mit en colère.

— Tu pourrais au moins m'appeler pour me faire savoir que tu es là, s'écria-t-elle.

Il s'excusa.

— Je me suis réveillé et j'ai constaté que tu n'étais plus là. Je suis venu tout de suite pour voir si tu étais ici. Je suis arrivé quand tu as crié.

Il lui tendit une main, qu'elle utilisa pour se mettre debout avec précaution, tant tout était mouillé. Ce fut à ce moment-là qu'elle réalisa qu'elle se tenait entièrement nue dans la douche devant lui. Et il se tenait entièrement nu hors de la douche devant elle.

Elle secoua la tête.

— Eh bien, tu pourrais aussi bien entrer et te laver.

Il lui jeta un coup d'œil surpris, puis sourit.

— Je ne dirais pas non à cette invitation.

— J'étais en train de me laver les cheveux, dit-elle, mais je n'arrive pas à atteindre les endroits du côté droit.

— Tiens, je vais le faire !

Il prit le shampoing et commença à lui laver les cheveux en douceur. Il massa chaque centimètre carré de son cuir chevelu jusqu'à ce qu'elle fonde et gémisse de plaisir.

— Oh, mon Dieu, où as-tu appris à faire cela ? C'est merveilleux !

Il la poussa doucement sous le jet d'eau et laissa l'eau tiède rincer toute la mousse.

— Tu as de l'après-shampoing ?

Elle lui montra la bouteille sur l'étagère. Il s'en empara et en mit un peu dans sa paume. Frottant ses mains l'une contre l'autre, il l'étala doucement sur ses cheveux.

Elle sourit.

— Manifestement, tu t'es entraîné.

Et curieusement, cela ne la dérangeait pas du tout. Il avait eu une vie avant elle, comme elle en avait eu une avant lui. Tant que leur avenir était construit ensemble sur la vérité et l'amour.

— Je n'ai jamais fait ça de ma vie.

Ses yeux s'ouvrirent.

— Vraiment ?!

Il acquiesça et lui sourit. Il déposa un baiser sur son nez.

— Jamais. Mais je crois que je pourrais avoir envie de le faire souvent à partir de maintenant.

Cette fois, lorsqu'il baissa la tête, ses mains massant toujours son cuir chevelu, il prit ses lèvres dans un baiser profond et passionné, mais parfaitement maîtrisé. Il lui laissa le temps de dire oui ou non. C'était son choix, et elle l'appréciait. Mais ce qu'elle voulait, c'était lui.

Elle n'avait jamais éprouvé de désir pour un homme comme elle le ressentait avec lui. La chaleur l'entourait à l'intérieur, à l'extérieur – la vapeur, celle de l'eau, celle qui les enveloppait dans la petite cabine. Plus encore, son corps s'adoucissait, s'humidifiait, s'ouvrait, se préparait pour lui.

Elle glissa son bras valide autour de son cou et se pressa contre lui, de ses hanches savonneuses et glissantes à ses seins. Peau contre peau. Chaleur contre chaleur. Elle lui rendit son baiser comme elle l'avait toujours voulu. Le désir la tenaillait.

C'était la première fois qu'ils avaient l'occasion d'être ensemble sans les horreurs. Ce n'était pas l'idéal car elle était blessée. Mais s'ils étaient prudents…

Il leva la tête et recula légèrement, au cas où elle aurait voulu le lâcher. Au lieu de cela, elle resserra son bras autour de lui. Il tendit la main pour repousser ses cheveux mouillés sur son visage, ses doigts la caressant doucement.

— En es-tu sûre ? murmura-t-il.

Anna leva les yeux vers lui et sourit.

— Je n'ai jamais été aussi sûre de quoi que ce soit dans ma vie.

Il regarda la douche autour d'elle et dit :

— Ici ou dans le lit ?

Elle rit.

— C'est ton choix. Mais personnellement, je n'ai pas l'intention d'aller où que ce soit. Ses yeux s'illuminèrent d'humour lorsqu'elle avoua : Je ne pense pas pouvoir tenir.

Il rit, coupa l'eau et dit :

— Peut-être pas, mais pour le bien de ton bras, nous ferions mieux de te mettre au lit, juste pour que tu ne te blesses pas davantage.

Il prit une serviette, l'enroula autour d'elle, puis en prit une deuxième pour lui. Il l'aida doucement à sortir et prit la serviette pour la sécher. Il la passa sur toute la surface de sa peau. Ses caresses étaient chaudes, paresseuses et taquines.

Elle murmura, quand elle put enfin trouver sa voix :

— J'ai dit que je ne pouvais pas marcher avant. Comment veux-tu que je marche maintenant ?

Il se frictionna vigoureusement, jeta les deux serviettes au sol et la prit dans ses bras.

— Je n'ai jamais eu l'intention de te faire marcher où que ce soit.

Il la porta jusqu'au lit et l'allongea. Puis il se laissa tomber à côté d'elle. Elle se retourna et l'entoura de ses jambes.

— Maintenant que tu as tant fait pour attiser le feu, murmura-t-elle, pourquoi ne pas l'éteindre ?

Il aurait bien gloussé, mais elle se leva et l'embrassa, fort. Ses dents mordirent doucement l'intérieur de sa lèvre, puis plus fort, l'embrassant, le léchant, goûtant sa propre passion, montant, la poussant vers l'avant.

Lorsqu'il releva finalement la tête, sa voix était rauque.

— Jésus !

Elle lui fit baisser la tête.

— Désolée, il n'est pas disponible. En fait, personne ne peut t'aider maintenant.

Il poussa un rire étouffé, suivi d'un gémissement étranglé, et se plaça entre ses cuisses. Elle l'entoura étroitement de ses jambes, remontant sur ses hanches, et se frotta de haut en bas contre la tige dure qui se trouvait entre eux.

Flynn lui saisit les hanches, la tirant en arrière, mais elle se débattit, grimpant sur lui. Il laissa échapper un demi-rire.

— Chérie, je ne suis pas encore arrivé là où je dois être.

Elle lui lança un regard à moitié fermé.

— Tu es sûr de toi ?

Elle poussa sur ses épaules et il se retourna. Elle l'accompagna et s'assit sur ses genoux, à califourchon sur lui. Par chance ou à dessein, elle se trouvait juste au-dessus de son érection.

Il la regarda fixement et un merveilleux sourire traversa son visage.

— Oh, mon Dieu, tu es la plus belle chose que j'aie jamais vue !

Elle rejeta sa tête en arrière et s'abaissa lentement sur sa verge. Elle était si mouillée, si prête et si chaude qu'il se glissa à l'intérieur. Il lui saisit les hanches et se propulsa vers le haut, s'installant complètement et aussi profondément qu'il le pouvait. Elle cria, et avec sa main sur ses épaules pour se soutenir, elle le chevaucha comme la Valkyrie intérieure qu'elle était. Elle adopta un rythme rapide, et les conduisit au bord de l'envol. Il descendit sa main entre eux, ses doigts glissèrent entre ses boucles, trouvèrent le bouton et, avec un cri, elle rejeta la tête en arrière et explosa. Il lui prit les épaules et s'enfonça lentement en elle.

Avec un frisson, elle rouvrit les yeux et le fixa à nouveau, un sourcil levé.

Il sourit et dit :

— Deuxième round ?

Elle gémit.

— Oh, mon Dieu ! Pourquoi est-ce que je pense que cette séance va être longue ?

Il rit et caressa doucement le nœud de ses boucles, ce qui fit monter sa tension artérielle au maximum une fois de plus.

Cette fois-ci, le trajet jusqu'à la jouissance fut plus lent, mais tout aussi fantastique. Elle ne voulait pas y aller seule. Elle s'étira derrière elle et attrapa délicatement les doux globes entre les jambes de Flynn et les serra.

C'était à son tour de gémir. Elle recommença, puis se souleva lentement comme pour s'éloigner de lui. Il lui saisit les hanches et la força à redescendre. Cette fois, il perdit le contrôle et poussa plus fort, plus haut, plus profond, plus vite, et cria lorsque son orgasme le traversa, sa semence pulsant au plus profond de lui, le propulsant au septième ciel.

Elle s'effondra sur lui et murmura :

— Je savais que mon bras ne serait pas un problème.

Il eut un grand frisson et la serra contre lui.

— Si tu es comme ça quand tu es blessée, chuchota-t-il, je ne peux pas imaginer comment tu es quand tu ne l'es pas !

— Pour cela, il faudra attendre quelques jours.

Elle ferma les yeux et s'assoupit.

FLYNN ATTENDIT QU'ELLE soit endormie. Il se dégagea lentement et précautionneusement de ses bras, glissa sur le côté du lit, se leva et se rendit à la salle de bains. Il ramassa les serviettes, les fit pendre sur la balustrade et s'habilla. Il fallait qu'il prenne des nouvelles de Levi ce matin. Il était déjà tard, mais Anna avait besoin de dormir.

Il allait s'occuper des animaux et faire aussi du café. Quand elle se réveillerait, elle serait partante pour une tasse.

Avec un sifflement joyeux, il descendit et commença par préparer le café. Il prit son téléphone et appela Levi en attendant. Pas de réponse.

Bien, il rappellerait dans quelques minutes. Il s'occuperait des animaux. Il emmena Jimbo et Duggy dans le grand parc à chiens. Si Anna se sentait d'attaque, ils pourraient peut-être les emmener tous les deux en promenade plus tard. Les chiens en avaient certainement besoin, mais l'enclos était grand et leur laissait beaucoup d'espace pour gambader, ce qui était exactement ce qu'ils faisaient.

Il leur donna de l'eau fraîche, remplit leurs gamelles et les laissa manger dans l'enclos. Il vérifia les chats, mais ils semblaient roupiller, même si deux d'entre eux s'approchèrent pour le saluer lorsqu'il entra à l'intérieur. Il passa quelques minutes à les câliner, réalisant à quel point il appréciait de pouvoir prendre un animal dans ses bras et le blottir contre lui. Les chats avaient beaucoup de nourriture sèche. Il y ajouterait de la nourriture en conserve, et ils seraient prêts à partir.

Lorsqu'il eut terminé, il retourna vers la maison, toujours en sifflant. Il prit son téléphone et rappela Levi. Quand celui-ci décrocha, il demanda :

— Levi, des nouvelles ?

— Oui, mais que tu ne vas pas aimer. Il a été libéré.

Flynn n'arrivait pas à croire ce que lui disait Levi. Il entendait les mots, mais le concept n'était tout simplement pas concevable.

— Comment ça, il est sorti ?! Il jeta un coup d'œil à sa montre : Ça ne fait que… Quoi, dix heures au plus ?

— Ses avocats. Il a répondu raisonnablement à toutes les questions et a donné des alibis que la police a vérifiés. Et apparemment, l'inspecteur en charge, un nouvel arrivé, un bâtard plein de cran, a dit qu'il était autorisé à quitter le commissariat mais qu'il devait rester en ville.

— Je me fiche du genre d'avocats qu'il a…

Flynn arpentait la cuisine de long en large, sa fureur augmentant.

— Tu te rends compte qu'il est en route pour venir ici, n'est-ce pas ?! C'est soit ça, soit il va disparaître et on ne le reverra plus jamais. Sauf que nous serons toujours en train de surveiller nos arrières.

— Je sais. Je comprends. Le procureur est sur le coup. Apparemment, ils ont envoyé des hommes le chercher à nouveau.

La voix de Levi était tout aussi frustrée et en colère que celle de Flynn.

Flynn se calma ; son esprit se mit en marche, travaillant rapidement.

— Je n'ai vu aucun signe de lui. J'étais juste dehors avec les animaux. Je suis de retour à l'intérieur maintenant. Je dois réveiller Anna. Nous devons nous tenir prêts. Tu sais qu'on ne peut pas faire confiance à ce type.

Il se dirigea vers le salon pour regarder par la grande fenêtre. Aucun signe de Brendan. C'était une bonne chose.

— Ils auraient pu le garder vingt-quatre heures sans problème, s'emporta Flynn. En aucun cas il n'aurait dû être libéré.

Levi lui parlait toujours à l'oreille.

— Tiens-moi au courant si tu le vois !

— Je vais aller voir le reste de la maison maintenant, dit Flynn en se retournant.

Et il se figea :

— Levi…

Brendan se tenait devant lui, une arme pointée sur sa poitrine.

— Dis bonjour et au revoir à Levi pour moi !

Et il tira.

Chapitre 18

ANNA SE RÉVEILLA en sursaut, le son froid et dur se répercutant encore dans ses souvenirs jusqu'à ce qu'elle se réveille complètement. Instantanément, elle sut qu'elle était seule dans la chambre – et nue – couchée sur les couvertures.

Mal à l'aise, mais ignorant la douleur, elle enfila la culotte et le tee-shirt qu'elle avait portés avant la douche et se glissa jusqu'à la porte de la chambre. Au rez-de-chaussée, elle entendit un bruit de porte, suivi de bruits de pas. Elle se précipita vers la fenêtre de sa chambre pour regarder dehors.

Elle vit Brendan courir. Il jeta quelque chose dans la poubelle du voisin et se précipita vers une petite voiture noire. En quelques secondes, il avait descendu la rue.

Paniquée, elle prit son téléphone et se précipita au rez-de-chaussée. Elle ne vit rien dans la cuisine ni dans le bureau. Elle se précipita dans le salon.

Et tomba à genoux en criant :

— Flynn ! Oh, mon Dieu. Flynn !

Du sang coulait de sa poitrine. On lui avait tiré dessus. Elle composa le 911 et appuya de sa main sur la plaie, exerçant une pression pour ralentir l'hémorragie.

— Aidez-nous, s'il vous plaît ! On lui a tiré dessus. Mon Dieu ! On lui a tiré dans la poitrine.

— Calmez-vous, nous avons besoin de connaître votre

adresse. Êtes-vous toujours en danger ?

— Mon Dieu ! Non, il s'est enfui. Il est parti dans une petite voiture noire. C'était Brendan. Je l'ai vu.

— Restez en ligne et gardez votre calme ! Je dois envoyer quelqu'un à votre adresse. La porte d'entrée est-elle déverrouillée ?

Anna se retourna pour constater que la porte était ouverte.

— Oui. Ils devraient pouvoir me voir depuis le porche d'entrée.

— Restez en ligne jusqu'à ce que nous vous apportions de l'aide. Êtes-vous sûre qu'il n'y a personne d'autre ? Êtes-vous sûre que vous n'êtes pas en danger ?

— Non, non, non. Il s'est enfui. S'il vous plaît, dépêchez-vous ! S'il vous plaît, il ne peut pas mourir. Oh, mon Dieu ! Il y a tellement de sang. !

— Il y a toujours beaucoup de sang lors d'une blessure. Ne laissez pas cela vous affaler ! Restez calme, restez concentrée et parlez-lui ! Si vous obtenez une quelconque réponse, dites-le-moi !

— Non, il est totalement inconscient. La couleur de son visage, je veux dire… Oh, mon Dieu. C'est tellement blanc !

— Et c'est normal. Ne paniquez pas ! Les secours arrivent.

— Je dois téléphoner à d'autres personnes.

— J'ai besoin que vous restiez en ligne. Nous devons maintenir cette communication.

Elle s'inquiéta mais comprenait. Au loin, elle entendit les sirènes.

— Oh, Dieu merci ! J'entends les sirènes.

— En effet. Ils devraient arriver d'une minute à l'autre.

Avant que la femme au bout du fil ne cesse de parler, elle

entendit un bruit de freins à l'extérieur, et deux ambulanciers entrèrent en courant dans la maison. Ils jetèrent un coup d'œil et l'écartèrent du chemin.

Au téléphone, elle dit :

— Je raccroche, maintenant. Ils sont là.

Elle enroula ses bras autour de sa poitrine. Elle avait du mal à respirer. C'était grave. C'était tellement horrible !

Elle appela Levi. En bafouillant au téléphone, elle dit :

— Il lui a tiré dessus ! Brendan a tiré sur Flynn ! Les larmes encombraient sa gorge et l'empêchaient de parler : L'ambulance est là en ce moment même. Mais je ne pense pas qu'il va s'en sortir.

— J'étais au téléphone avec lui quand c'est arrivé. Quelle est la gravité de la situation ? Te souviens-tu exactement de ce qui s'est passé ?

— Je me suis réveillée. J'ai entendu le coup de feu, j'ai regardé par la fenêtre et j'ai vu Brendan partir. Il a jeté l'arme dans la poubelle du voisin. Elle regarda autour d'elle : Je devrais aller la chercher. Je ne suis même pas habillée.

— Reste calme ! Quelqu'un sera bientôt là. Nous allons le retrouver. Tiens bon ! Fais ce qu'il faut pour garder Flynn en vie ! Restons en contact ! Mais ne cours pas là-bas tout de suite !

— Tu ne comprends pas… l'arme. L'arme qui a tiré sur Flynn, je l'ai vue. Et si quelqu'un s'en empare ? Et je ne veux pas laisser Flynn.

Elle regarda ses jambes nues couvertes de son sang et son tee-shirt dans ses mains.

— Il y a tellement de sang !

— Nous sommes déjà en route. Reste calme ! Nous serons là dans quelques minutes.

Elle laissa échapper un demi-rire, un rire plein de chagrin.

— Il faut plus de quelques minutes pour arriver ici !

— C'est vrai, mais Logan est aussi en route maintenant.

Et elle s'écria :

— Oh, mon Dieu ! J'aurais dû l'appeler avant.

— Ce n'est pas un problème. Nous l'avons appelé. Il se dirige vers vous en ce moment même.

Au fond d'elle, elle aurait voulu se sentir soulagée. Elle aurait voulu savoir que quelque chose allait s'arranger. Mais elle savait que ce ne serait pas le cas. Ce n'était pas possible.

— Levi, tu dois le voir. Oh, mon Dieu !

Et puis elle ne put plus parler à cause des larmes qui obstruaient sa gorge. Elle sanglota doucement, profondément.

La voix douce de Levi lui chuchota :

— Nous nous sommes tous remis de blessures horribles, dit-il. Je ne sais pas à quel point c'est grave, mais tu dois t'accrocher à la foi. Plus encore, Flynn doit savoir que tu es là pour lui. Il doit avoir une raison de se battre.

Elle acquiesça. C'était la même chose avec les animaux. Elle savait que lorsqu'ils abandonnaient, tout était fini. L'esprit devait être là pour se battre, et il avait besoin d'une raison. Elle essuya ses larmes, prit plusieurs respirations étouffées et dit :

— Je monte m'habiller. Je suivrai Flynn à l'hôpital. Je ne veux pas qu'il soit seul en ce moment.

Dans sa chambre, elle s'habilla le plus rapidement possible. Elle jeta le téléphone sur le lit, ne sachant même pas si elle avait coupé l'appel. Elle lava rapidement le sang de ses mains et de son visage, prit son téléphone et redescendit. Elle enfila ses chaussures, prit son sac à main et se dirigea vers l'extérieur. Les ambulanciers étaient déjà en train de charger Flynn à l'arrière de l'ambulance. Elle dit à l'un d'entre eux :

— Allez-y, je vous suis !

Elle se tenait près de sa voiture, se serrant la poitrine, et les regarda partir. Elle ne voulait pas qu'il y aille seul. Mais elle savait aussi qu'elle aurait besoin de la voiture, et qu'elle serait damnée si cette ordure de Brendan s'en sortait. Et pour cela, elle avait besoin du pistolet.

Elle avait un rouleau de sacs à crottes dans sa poche. Elle se dirigea vers la poubelle où elle avait vu Brendan jeter l'arme, ouvrit le couvercle et regarda à l'intérieur. Elle alluma l'appareil photo de son téléphone, prit plusieurs photos, puis l'attrapa avec le sac à crottes, l'enveloppant soigneusement à l'intérieur.

Quand elle se retourna, Logan se précipitait vers elle. Elle se remit à pleurer. Elle brandit le pistolet et dit :

— Je l'ai vu le jeter là-dedans. Oh, mon Dieu, je l'ai vu le jeter !

Logan la prit dans ses bras et la serra contre lui.

— As-tu vraiment vu Brendan ?

Elle acquiesça.

— D'abord de dos. Puis il s'est tourné vers la maison en jetant l'arme à la poubelle. Elle montra la poubelle où se trouvait l'arme : Puis il est monté dans une petite voiture noire et s'est enfui. Mais il était trop loin pour que je relève la plaque d'immatriculation. J'ai essayé. J'ai essayé.

— Calme-toi, ma chérie ! Calme-toi ! Laisse-moi jeter un coup d'œil dans la maison et voir s'il y a quelque chose à faire. Ensuite, nous irons à l'hôpital.

Ce fut alors que les flics entrèrent dans la cour. Pas une voiture, pas deux, mais trois. Et elle savait qu'il ne serait pas facile de sortir de son allée maintenant. Logan dit à voix basse :

— C'est l'inspecteur avec qui j'ai parlé tout à l'heure.

Les deux hommes se saluèrent. Ils lui tendirent l'arme.

Anna savait que Logan était en colère, mais ce n'était rien par rapport à ce qu'elle ressentait. Elle s'approcha du policier et lui dit :

— Les flics n'auraient jamais dû laisser sortir ce bâtard ! Ce n'était pas assez qu'il m'ait tiré dessus, il fallait s'attendre qu'il tue quelqu'un ?

Le flic n'avait rien à dire. Que pouvait-il dire de toute façon ? Ce n'était pas vraiment sa faute. C'était celle du système. Il prit l'arme.

— Il n'est pas encore mort. Nous ferons tout notre possible pour que Brendan ne blesse personne d'autre. Pouvez-vous me montrer la scène de crime ?

Avec amertume, elle franchit la porte d'entrée de sa maison en suivant Logan.

— Mettez-lui une balle dans la tête ! Ça nous évitera des ennuis.

À l'intérieur, elle s'arrêta et regarda fixement, des larmes inondant ses yeux lorsqu'elle se souvint du sang qui jaillissait de Flynn. Il y avait tant de sang dans son salon ! Elle savait désormais, que Flynn survive à cela ou non, qu'elle en avait fini avec cette maison. Elle ne pourrait pas revenir dans ce salon sans voir le sang et le traumatisme qu'elle avait subi aujourd'hui. Personne ne devrait avoir à le faire. Cet endroit serait mis en vente dès qu'elle pourrait l'organiser.

Elle se tourna vers Logan.

— Je dois aller à l'hôpital. Tu viens ?

— Tu ne conduis pas.

Elle le regarda avec détermination.

— Je pars maintenant. Avec ou sans toi.

Il regarda le policier et lui dit :

— Vous savez ce que vous avez à faire. Vous n'avez pas

besoin de nous ici.

Le policier acquiesça.

— Allez-y ! On vous retrouve à l'hôpital.

Elle accompagna Logan jusqu'à son camion, monta à l'intérieur et demanda :

— Devons-nous dire à Levi que nous partons ?

— Ne t'inquiète pas ! Je lui dirai.

Elle resta figée, complètement bloquée par la peur pendant qu'ils roulaient vers l'hôpital. Il semblait que chaque kilomètre parcouru aggravait son angoisse. Elle savait que Flynn ne s'en sortirait pas.

— Il s'en sortira. C'est un battant. Il faut lui faire confiance.

Elle fixa Logan d'un regard vide.

— Faire confiance à qui ? Ils l'avaient. Ils avaient Brendan, et ils l'ont laissé partir.

— Et ils l'auront à nouveau. Cette fois-là en revanche, ils jetteront la clé et oublieront qu'il a existé.

— Il est trop tard pour cela. Bien trop tard.

C'ÉTAIT LE CHAOS, avec des lumières, des sirènes et des cris. Flynn était pris dans une vague de confusion. Mais une chose qu'il comprenait parfaitement, c'était le feu rougeoyant qui consumait son corps de la tête aux pieds. Tant de douleur. Tout lui faisait mal. Le simple fait de respirer lui faisait mal. Il n'osait pas bouger. Il n'était même pas sûr de pouvoir. Il lui semblait qu'un poids énorme pesait sur sa poitrine. Quelque chose retenait ses jambes et ses bras. Il se débattait, essayant de rejoindre Anna. Le danger était partout autour d'eux. Et il se battait. Il devait la sauver. Il ne pouvait pas la laisser être blessée à nouveau. Il ne pouvait plus la laisser souffrir.

Et pourtant, il ne pouvait rien faire. Il luttait, luttait, mais il savait que cela ne donnait rien. Il voulait remuer ses bras et ses jambes, mais il n'y parvenait pas. Alors qu'il luttait contre la douleur, que d'énormes mains noircies se tendaient vers lui, il sut qu'il ne voulait pas aller dans cette direction-là. Il essaya de s'éloigner d'elles. Mais elles avançaient inexorablement vers lui.

Il voulait s'enfuir. Il voulait crier. Dans son esprit, il y avait ce cri interminable et prolongé de « *Noooon* ». Mais rien n'arrêtait l'avancée de ces mains-là. Elles s'accrochèrent à son cœur, à son esprit et à son âme. Elles l'entraînèrent dans les profondeurs troubles de l'inconscience.

Et il savait ce que c'était. Il savait que c'étaient vraiment les doigts de la mort.

Chapitre 19

IL N'Y AVAIT rien d'autre à faire qu'attendre. Il n'y avait rien de nouveau. Aucun médecin n'était venu leur donner des nouvelles. Flynn était en chirurgie d'urgence. Personne ne savait rien.

Levi et Ice arrivèrent. Stone et Merk étaient allés chez elle. Logan était à l'hôpital avec elle. Rhodes était descendu au quartier général de la police. Apparemment, il connaissait plusieurs flics et il allait faire des remous.

Il n'y aurait jamais assez de remous dans ce monde pour assurer son bonheur. Elle n'avait plus qu'un seul objectif : s'assurer que Flynn survive. Et si elle avait un objectif secondaire, c'était de s'assurer que Brendan ne s'en sorte pas. Mais elle n'avait aucune idée de comment mettre la main sur lui.

Levi s'assit à côté d'elle ; Ice, de l'autre côté, passa son bras autour des épaules d'Anna. Il dit :

— Nous avons besoin d'entendre ce que tu as dit. Exactement ce que tu as vu.

Elle les regarda fixement, de nouvelles larmes brûlant ses yeux, en proie à une telle peur que rien ne pouvait l'apaiser, et elle expliqua une fois de plus ce qu'elle avait vu.

— Je crois que c'est le coup de feu qui m'a réveillée. Elle secoua la tête : Après ça, tout est flou. Un flou douloureux et angoissant.

— Au moins, ça t'a réveillée. Flynn a attiré l'attention aussi vite que possible. Tu dois t'en souvenir. De plus, tu peux confirmer que c'était Brendan, et tu as trouvé l'arme.

— Je suppose que cela prouve que Brendan en avait après Flynn depuis le début. Il aurait pu monter et me tirer dessus. Je ne sais pas si j'aurais été assez éveillée et consciente pour l'éviter.

Ice attrapa ses doigts.

— Dieu merci, il ne l'a pas fait !

Anna se tourna vers Ice.

— Vous avez trouvé sa voiture ? Les flics ont trouvé l'arme ?

— Oui et oui. Tu as donné l'arme à Logan, et il l'a donnée aux flics.

Anna fronça les sourcils.

— Je m'en souviens. Elle fit un signe de la main : Honnêtement, tout est flou. Je ne comprends pas vraiment ce qui est arrivé.

— Et tu n'en as pas besoin. La police est en train d'analyser la balistique de l'arme. Nous pensons que la voiture noire que tu as vue chez toi pourrait être celle du frère de Brendan.

Anna émit alors un demi-grognement.

— Le frère qui ne croit pas que Brendan puisse faire quoi que ce soit, n'est-ce pas ?

— Il se peut qu'il change d'avis maintenant, dit Levi froidement. Il est au poste de police. Rhodes lui donne des indices.

— Bien. Il devrait être enfermé, lui aussi. Anna lança un coup d'œil à Levi : Je suppose que ce sont ses fichues relations d'avocat qui ont permis à son frère d'être libéré en premier lieu.

— C'est possible. Levi haussa les épaules : Parfois, il n'y a pas de raison.

— Maintenant, je connais la raison. Le meilleur meurtrier est celui qui est mort. Je crois désormais à la peine de mort.

Elle s'affaissa dans le fauteuil et pencha la tête en arrière. Ice la regarda.

— Tu as fait examiner ton bras ?

Sa tête se retourna vers Ice et elle demanda :

— Qu'est-ce que j'ai au bras ?

Elle entendit le lourd soupir d'Ice et se souvint de ses points de suture de la blessure par balle de la nuit précédente. Elle jeta un coup d'œil vers le bas et vit du sang frais sur sa blessure bandée. Elle le regarda avec surprise.

— Je ne sais pas du tout comment c'est arrivé. Je ne le sens pas, donc ça ne doit pas être grave.

— Tu ne sens rien parce que tu es en état de choc. Mais ce sont des points de suture, et si tu les as déchirés, il faut les faire examiner.

— Je ne pars pas d'ici, dit-elle fermement.

Mais Ice ne voulut rien entendre.

— Il y a la stupidité, et puis il y a la bêtise. Nous ne nous occupons que de l'une d'entre elles. Pour l'instant, on s'occupe de Flynn. Maintenant, tu dois t'occuper de toi aussi. Et avec une prise ferme sur son bras indemne, Ice força Anna à se lever et ajouta : Viens avec moi maintenant !

Ice, comme tous les hommes de la compagnie, était une force à ne pas ignorer. Anna se retourna pour regarder Levi tandis qu'Ice l'entraînait vers l'entrée.

— Ne le laisse pas seul ! s'écria Anna.

— Il sera en chirurgie pendant encore plusieurs heures. Tu seras de retour avant qu'il ne sorte. Si j'apprends quoi que ce soit, je te le ferai savoir. Et je te promets que je ne le laisserai pas seul.

Sanglotant doucement, Anna se laissa entraîner par Ice jusqu'à la salle d'urgence. C'était plein, mais pas la folie. Ice se dirigea vers l'une des infirmières et lui expliqua ce qui s'était passé. Il s'agissait de la même infirmière que celle qu'elle avait eue la veille.

Elle jeta un coup d'œil à Anna et lui demanda :

— Oh, ma chérie, vous avez passé vingt-quatre heures terribles, n'est-ce pas ?

Anna, détestant être prise en pitié, se tourna et se frotta le visage.

— Ce n'est probablement rien. Ice s'inquiète juste pour le sang.

— Et elle a raison.

L'infirmière conduisit Anna vers un lit et la fit s'asseoir. Elle s'absenta un instant pour revenir avec des ciseaux, coupant rapidement le bandage.

— Ce n'est pas trop grave. Elle tapota Anna sur son bras valide et ajouta : Je vais prévenir le médecin, au cas où il voudrait vous voir aussi.

En baissant les yeux pour étudier la blessure, Anna réalisa qu'elle devait probablement se faire soigner, mais elle détestait penser à elle alors que Flynn avait tant souffert.

— Il faut penser à ta propre santé, dit Ice. Les animaux auront besoin de toi, tout comme Flynn dès qu'il se réveillera.

Anna la regarda fixement.

— Je n'y avais pas pensé.

Pas une seconde. Elle s'était tellement enfermée dans la négativité immédiate qu'elle n'avait pas vu que, s'il survivait à l'opération, quelqu'un devrait s'occuper de lui. Et elle avait des animaux dont elle devait également s'occuper. Elle avait donc besoin de son bras, celui qui était blessé.

Elle regarda le sang.

— Tu as raison. J'aurais dû le faire examiner. Mais je n'ai vraiment pas remarqué.

— Bien sûr que non, dit Ice d'une voix douce. Mais une fois que l'on s'est occupé de la première urgence, il est très important de jeter un coup d'œil autour de soi et de voir ce qu'il faut faire ensuite.

— C'est ta formation militaire, dit Anna. La plupart des gens ne pensent pas comme ça.

— Ce n'est pas seulement cette formation, ni même ma formation médicale. Mais c'est le résultat d'une vie vécue en permanence sur le fil du rasoir. Ce qui est encore le cas aujourd'hui. Ice sourit à Anna : Tu as ce qu'il faut. Ton instinct est fort et solide. Mais tu dois apprendre à prendre soin de toi. Parce que sans cela, il est presque impossible de faire la même chose pour ceux qui nous entourent. Et quoi qu'il arrive, nous sommes toujours des femmes. Nous avons tendance à nous occuper des autres. Flynn aura donc besoin de ton aide. Si tu n'es pas assez forte pour l'aider, il ne recevra pas les soins qu'il mérite.

Anna acquiesça. Elle prit un mouchoir dans la boîte de Kleenex, s'essuya les yeux et se moucha maladroitement de la main gauche. Elle n'était pas très douée pour s'occuper d'elle-même de cette façon. Il faudrait qu'elle change ça. Enfin.

Le téléphone d'Ice sonna. Et l'infirmière revint. L'attention d'Anna étant partagée entre ce que faisait l'infirmière et la conversation téléphonique qu'Ice avait avec Rhodes au poste de police, elle ne put pas suivre l'évolution de la situation. Le temps que l'infirmière refasse le bandage de son bras, celui-ci était en feu.

L'infirmière se tourna vers elle et lui demanda :

— Avez-vous pensé à emporter vos analgésiques avec vous lorsque vous êtes partie à l'hôpital ?

— Non. Ils sont restés à la maison. Et je ne serai probablement pas autorisée à entrer avant un moment. C'est plein de flics en ce moment.

L'infirmière disparut et revint quelques minutes plus tard avec un petit flacon.

— Il y en a assez pour vous permettre de passer la journée. Quelqu'un devrait être autorisé à rentrer chez vous pour prendre au moins vos médicaments.

Elle accepta la fiole avec reconnaissance.

— Je vous remercie. Je suis sûre que quelqu'un pourra s'en occuper.

Elle réussit à sauter du lit, mais resta vacillante un moment tandis que la pièce se balançait autour d'elle.

Ice la regarda d'un air sévère.

— As-tu mangé ?

Elle fixa Ice d'un regard vide. Puis elle secoua la tête.

— Non.

Ice acquiesça comme si c'était exactement ce qu'elle pensait.

— Je vais téléphoner à Levi pour confirmer qu'il n'y a pas de changement, puis je t'emmène à la cafétéria.

Elles attendirent dans le couloir que Levi confirme que Flynn était toujours en chirurgie. À la cafétéria, elles remplirent deux plateaux et allèrent s'asseoir à une table au fond de la salle pour manger. Anna ne voulait pas de jus de fruits, mais Ice insista.

— Je ne veux pas que tu t'évanouisses.

Chaque fois qu'Ice ouvrait la bouche, c'était logique,

raisonnable et tellement sensé qu'Anna se retrouvait à suivre ses instructions sans poser de questions. Elle versa le jus d'orange dans un verre et en but la moitié. Il ne lui fallut pas longtemps pour se sentir mieux. En regardant son omelette, elle réalisa qu'elle avait vraiment faim. C'était tellement difficile de manger, sachant que Flynn était à l'étage !

Ice se pencha au-dessus de la table et lui prit la main.

— N'oublie pas que tu manges pour toi, afin d'être assez forte pour t'occuper de lui.

Avec un semblant de sourire, elle taquina Ice.

— Tu t'en sors souvent avec cette phrase.

Ice sourit.

— J'ai été à ta place.

Elle étudia Ice, lisant la douleur et l'angoisse au souvenir qu'elle avait failli perdre quelqu'un. Anna hocha la tête.

— Je te crois.

Et elle s'attaqua à son omelette. Elle arriva presque au bout avant de ralentir. Elle fixa les deux dernières bouchées et secoua la tête.

— Je ne pense pas pouvoir finir.

— Finis tes œufs, laisse les toasts !

Anna engloutit le reste de l'omelette et repoussa son plateau. Une grande main se tendit par-dessus son épaule, attrapant les toasts de son assiette, tandis que l'incomparable Stone s'asseyait à côté d'elles. Elle l'étudia.

— Tu as des nouvelles ?

— Je reviens de chez toi. Les flics sont partout. On dirait que Brendan est entré par la porte d'entrée et a surpris Flynn ou qu'il a attendu qu'il se montre. Ce que je pense, c'est que Flynn a pris un café et est allé s'occuper des animaux. Quand il est revenu, Brendan l'attendait.

Dans sa tête, elle voyait les choses se dérouler ainsi. Cela ne rendait pas les choses plus faciles.

— Comment se fait-il que personne ne soit allé chercher Brendan ? Elle surprit Ice et Stone en train d'échanger un regard : Quoi ?

— Premièrement, nous devons le trouver. Et deuxièmement, on ne l'arrêtera pas. Il est probable qu'il finisse dans une fusillade pour éviter d'être capturé.

— Tant mieux, dit-elle d'une voix dure. Autant j'aime l'idée que cet homme dépérisse dans une prison quelque part, autant je ne veux pas prendre le risque qu'il en ressorte n'importe quand dans le futur et qu'il me gâche à nouveau la vie. Je le veux mort. Il ne mérite rien de moins.

Stone sourit en l'étudiant.

— Elle est assoiffée de sang. J'aime bien ça.

Et il prit une grande bouchée de son toast.

À ce moment-là, les téléphones d'Ice et de Stone sonnèrent. Ils regardèrent le numéro. Ice dit :

— C'est Levi. L'opération est terminée.

Mais ils parlaient dans l'air. Elle s'était levée d'un bond et courait déjà vers Flynn.

PLUS DE VOIX. Encore des voix. Et encore plus de voix. Des cris, des hurlements, puis une conversation calme. Avec une sorte de cri mécanique sur un ton bizarre, il n'arrivait pas à comprendre ce qui se disait. Mais une fois que la machine s'arrêta, il entendit le médecin dire :

— Il est de retour.

Flynn se demandait qui était parti et était de retour, et pourquoi tout le monde s'en souciait. Il était si difficile de trier les bruits. Mais au moins, la douleur était moins forte. Il ne sentait plus sa poitrine se refermer sur lui. Il ne pouvait toujours pas bouger, il avait l'impression d'être paralysé. Et il ne pouvait rien imaginer de pire. Ce n'était pas la façon dont il voulait vivre sa vie. Il essaya de crier : « Au secours ! »

Mais personne ne répondait.

— Bonjour !

Il entendait le mot dans son esprit, mais il savait que ses lèvres ne bougeaient pas. Il ne pensait pas qu'elles pouvaient. Il essaya d'ouvrir les yeux, de tourner la tête. Rien n'y fit. La lutte était trop difficile. La ouate qui l'entourait se refermait sur lui. Mais au moins, les longs doigts de la mort ne l'entraînaient plus vers le fond. Il voulut se retourner sur le côté, mais une fois de plus, il n'y parvint pas. Il abandonna l'effort et se laissa emmener par les nuages, souhaitant qu'ils l'emportent.

Chapitre 20

ANNA FIT IRRUPTION dans la salle d'attente et vit Levi et le médecin la tête penchée l'un vers l'autre. Ils levèrent tous deux les yeux vers elle alors qu'elle entrait en trombe dans la pièce. Levi lui tendit la main pour la ralentir.

— Il est vivant. Doucement ! Il est vivant.

Toutes les couleurs disparurent de son visage et le soulagement la fit vaciller sur ses pieds. Elle fixa le médecin, cherchant à être rassurée.

— Il va s'en sortir ?

— Il n'est pas encore tiré d'affaire. Le chemin de la guérison est encore long, mais son pronostic est bien meilleur qu'il ne l'était. La balle est entrée dans la cavité thoracique, a déchiré le cœur en haut et a traversé pour se loger dans une côte de son dos. Nous avons retiré la balle et il a été recousu. Il a perdu beaucoup de sang et nous avons dû lui administrer plusieurs unités de sang, soupira-t-il. Nous l'avons perdu sur la table.

— Perdu ?!

Elle saisit alors les mains de Levi.

— Son cœur s'est arrêté pendant que nous travaillions sur lui. Mais nous l'avons ramené à la vie. Il va s'en sortir.

— Accroche-toi à cette idée ! lui dit Levi.

Elle jeta un coup d'œil vers la porte.

— Quand puis-je le voir ?

Le médecin secoua la tête.

— Pas tant que je ne l'aurai pas installé en soins intensifs. Les prochaines vingt-quatre heures sont critiques.

Elle acquiesça, se mordant la lèvre inférieure. Des larmes se formèrent à nouveau dans ses yeux.

— Merci beaucoup de l'avoir sauvé.

Il lui tendit la main et lui tapota l'épaule.

— C'est un battant. Tout le monde mérite une chance de vivre, mais quand ils se battent, cela rend notre travail beaucoup plus facile. Avec un sourire tranquille, il se retourna et s'en alla.

Anna se dirigea vers le banc contre le mur et s'effondra.

— Oh, Dieu merci ! murmura-t-elle.

Elle ne savait pas quoi faire. Tout ce à quoi elle pensait, c'était qu'il avait survécu à l'opération et qu'il avait de bonnes chances de s'en sortir.

— Nous devons attraper Brendan. S'assurer qu'il ne puisse jamais réessayer.

— Nous le ferons, dit Levi. La chance de Brendan a tourné.

Elle se tourna vers lui pour l'étudier.

— À moins que tu ne saches quelque chose que j'ignore, je ne vois pas comment tu peux en être aussi sûr. Ce type s'en est tiré avec un meurtre. Littéralement. Elle se tourna vers les doubles portes marquées « Chirurgie » où se trouvait encore Flynn : Y a-t-il un moyen de lui tendre un piège ? Tu crois qu'il s'en prendrait à nouveau à Flynn ?

Levi la regarda.

— C'est possible. Il a déjà eu beaucoup d'ennuis. À quoi penses-tu ?

— Dis à son frère que Brendan a raté sa cible et que Flynn sera bientôt de retour. Il y avait du métal dans sa poche et la balle a été déviée. Brendan n'était pas là assez longtemps pour voir le sang qui coulait partout. Il ne peut donc pas savoir s'il a bien visé. Et puis installe-toi chez moi et attends-le !

— Tu supposes que son frère lui dira.

— Je suppose que son frère a déjà fait des pieds et des mains pour le protéger, et qu'à un moment ou à un autre, ils se parleront dans les jours qui viennent. Elle haussa les épaules : Peut-être même pour rassurer Brendan sur le fait qu'il n'est pas accusé de meurtre.

Les autres personnes présentes dans la salle se regardèrent.

— Cela pourrait fonctionner. Mais c'est laisser beaucoup de place au hasard.

— La chance est tout ce que nous avons. Il a fait plusieurs tentatives chez moi. S'il pense avoir raté son coup cette fois-ci, il peut être tellement frustré et enragé qu'il reviendra pour un dernier coup et tuerait Flynn à coup sûr.

— Elle a raison, déclara Stone. Brendan a toujours été imprévisible. Mais je ne suis pas sûr pour son frère. C'est un bon gars. S'il comprend à quel point Brendan est incontrôlable en ce moment et qu'il vient d'abattre Flynn de sang-froid, je ne pense pas qu'il le protégera. Je pense qu'il nous aidera à attraper Brendan avant qu'il ne blesse quelqu'un d'autre.

Ce fut alors que les doubles portes s'ouvrirent et que Flynn fut emmené sur un chariot roulant. Anna se précipita à ses côtés, la main sur la bouche. Il était inconscient, livide, couvert de tubes et de couvertures.

Elle se tourna vers les autres et dit :

— Mettez ça en place ! Je jouerai mon rôle. Je ne veux plus jamais que cela arrive à quelqu'un d'autre. Je vais aux soins intensifs avec Flynn.

L'infirmière secoua la tête et dit :

— Seule la famille peut être en soins intensifs.

Anna dit :

— Je suis la seule famille qu'il ait.

Elle lança un regard appuyé aux trois autres membres du personnel médical en blouse, les mettant au défi de protester. Aucun d'entre eux ne le fit. Ils sourirent et lui firent un signe de tête.

À voix basse, Ice dit :

— Bienvenue dans la famille !

Anna sourit. Cela faisait du bien d'appartenir à un groupe.

Suivant les infirmières et l'aide-soignante, elle attendit que Flynn soit transféré en salle de réveil. Puis elle prit la chaise du visiteur et s'installa pour une longue attente. Elle n'allait pas le quitter. Plus jamais.

FLYNN OUVRIT LES yeux et les referma. La lumière était si forte qu'elle lui faisait mal. Il resta immobile pendant un long moment, puis essaya à nouveau. Il les ouvrit juste assez pour voir qu'il était dans une pièce. Probablement une chambre d'hôpital d'après tout le blanc qui l'entourait.

En tournant la tête sur le côté, il aperçut la ligne d'intraveineuse et la machinerie tout autour. Bien sûr, il était dans un lit d'hôpital. Il se souvenait vaguement de ce qui s'était passé. Mais c'était décousu et confus dans sa tête. Jusqu'à ce que le nom de Brendan lui vienne à l'esprit. En un éclair, il se retrouva dans le salon, fixant Brendan qui levait une arme et tirait. Flynn se souvenait de la douleur écrasante alors que son corps tombait sur le sol.

C'était la réponse à la question de savoir comment il était arrivé ici. Se mouvant avec précaution, il roula la tête de l'autre côté et sourit. Recroquevillée dans le coin, sur une chaise, les pieds repliés sous elle, la tête appuyée sur le dossier de la chaise, Anna dormait.

Pas étonnant qu'il ait survécu. Il avait son propre ange gardien qui veillait sur lui. Il étudia sa peau pâle et les poches sous ses yeux, réalisant qu'elle était probablement là depuis qu'on lui avait tiré dessus. Elle dormait à l'étage à ce moment-là. Il était bien content que Brendan ne soit pas monté et ne l'ait pas tuée aussi. Il vit un bandage propre sur son bras. Il n'avait pas été inconscient assez longtemps pour que son bras guérisse. C'était une bonne chose. Il pouvait s'accommoder de quelques jours. Mais il ne voulait pas sortir de semaines de coma. Apparemment, cela jouait un rôle important sur les muscles.

Soudain, comme si elle se rendait compte qu'il la fixait, ses yeux s'ouvrirent. Elle le regarda un long moment, incrédule, puis se leva d'un bond.

— Oh, mon Dieu ! Tu es réveillé !

Il sourit.

— Je le suis.

Elle se baissa et prit doucement sa main. Elle la porta à ses lèvres et l'embrassa.

— J'étais si inquiète !

— Je me souviens que Brendan m'a tiré dessus, avoua-t-il. Ce qui s'est passé ensuite, je n'en ai aucune idée.

— Je vais te mettre au courant.

Et elle le fit brièvement. C'était suffisant pour qu'il se fasse une idée.

— Depuis combien de temps suis-je inconscient ?

— Ton opération a eu lieu hier matin. Tu es remonté à

la surface et as émergé quelques fois, mais tu n'étais pas vraiment conscient.

— Je suppose que tu es restée assise ici à attendre tout ce temps ?

Elle sourit. D'une voix taquine, elle demanda :

— Es-tu en train de me dire que si c'était moi qui étais dans ce lit d'hôpital, tu ne serais pas là où je suis ?

Il lui serra la main.

— Tu sais que si.

Elle jeta un coup d'œil autour d'elle et grimaça.

— J'ai dû mentir.

— Mentir ?

— Oui. Seule la famille est autorisée à entrer dans l'unité de soins intensifs.

Et puis il comprit. Son cœur se réchauffa et son sourire devint taquin.

— Eh bien, en vérité, c'était un peu précipiter les choses.

Elle s'assit au bord du lit et le regarda attentivement. Il tendit un long doigt et le plaça sur ses lèvres. Elle l'embrassa immédiatement.

— Tu feras partie de la famille, lui dit-il. Il est hors de question que je laisse mon ange gardien me glisser entre les doigts.

Il vit l'humidité monter dans les yeux de la jeune femme.

La porte s'ouvrit, laissant entrer une infirmière qui gronda Anna.

— Vous deviez nous prévenir immédiatement de son réveil !

Anna recula d'un bond et lâcha sa main.

— Je suis vraiment désolée. Il vient juste de se réveiller.

L'infirmière s'activa, écartant Anna de son chemin. Flynn resta tranquillement allongé pendant qu'elle lui faisait passer une série de tests et lui posait plusieurs questions. Elle se tourna ensuite vers Anna et lui dit :

— Le médecin arrive. Quand il sera là, vous devrez sortir.

Flynn regarda Anna ramasser son pull, son sac à main, plusieurs blocs-notes et un ordinateur portable. Il semblait qu'elle avait prévu de rester ici un certain temps. Alors qu'elle s'apprêtait à sortir, il l'appela :

— Je t'aime, Anna.

Elle se retourna et lui adressa un sourire particulier qui lui fit chaud au cœur.

L'infirmière s'interposa entre eux deux, et il ne put pas entendre ni voir sa réaction. Puis la porte se referma. Elle se rouvrit presque immédiatement pour laisser passer le médecin.

Il se concentra alors sur les autres personnes qui lui avaient sauvé la vie.

Chapitre 21

QUAND ANNA FUT enfin autorisée à retourner dans la chambre de Flynn, il était prêt à s'endormir à nouveau. On lui avait administré un sédatif après avoir changé les tubes et nettoyé sa plaie. Et il souffrait beaucoup, expliqua l'infirmière. En attendant dehors, Anna avait informé tout le monde que Flynn était réveillé.

Elle se rassit sur le fauteuil près du lit de Flynn et reçut un message de Levi.

« Neil, le frère de Brendan a accepté de nous aider. Brendan a déjà appris que Flynn n'était pas gravement blessé et qu'il rentrait chez lui cet après-midi. »

Elle lui répondit par texto :

« C'est bien. Voulez-vous que je rentre chez moi ? »

« Non. Nous allons nous en occuper. »

Parfait. Elle ne voulait pas quitter Flynn, mais si c'était pour assurer sa sécurité, elle l'aurait fait.

« Assure-toi que ça marche. Je veux être sûre que cet enfoiré ne pourra plus nous atteindre. »

« Tiens-nous au courant de l'état de Flynn. Nous te tiendrons au courant. »

Elle posa son téléphone, se pelotonna dans le fauteuil et ferma les yeux. Maintenant que Flynn s'était réveillé, qu'il l'avait reconnue et que son état semblait s'améliorer, elle pouvait enfin se détendre. Surtout avec Levi qui mettait en place un plan pour éliminer Brendan. Elle ne pourrait pas vraiment se reposer tant qu'il ne l'aurait pas fait, mais tout le monde faisait sa part, et elle l'appréciait vraiment. Elle n'avait pas dormi la nuit précédente, elle s'était contentée d'aller et venir. Chaque fois qu'elle entendait un bruit, elle se réveillait, pensant que Flynn avait besoin de quelque chose. Mais maintenant, elle bâilla profondément, posa la joue sur sa main et s'endormit.

Elle se réveilla un peu plus tard, voyant l'un des médecins revenir dans la pièce. Elle pouvait s'attendre à beaucoup de choses maintenant. Ils allaient évaluer le moment où il faudrait le faire passer des soins intensifs à l'hôpital principal. Elle espérait que ce ne serait pas trop rapide. Elle savait à quelle vitesse l'état de quelqu'un pouvait se dégrader. Elle ne voulait pas que ce soit le cas pour Flynn.

Elle ferma de nouveau les yeux, et ce fut alors qu'elle comprit. Elle ouvrit les yeux lentement pour voir le médecin se diriger vers la ligne d'intraveineuse. Il tenait une aiguille à la main et s'apprêtait à injecter quelque chose dans la poche de Flynn.

— Qu'est-ce que vous faites ?

L'homme se tourna vers elle et elle le reconnut. Brendan.

— Toi !

Elle se leva d'un bond de la chaise et se précipita vers lui, ses ongles prêts à le griffer. Elle n'avait pas d'arme, et il était un pro, mais il n'était pas question qu'il s'approche de Flynn.

Elle se jeta sur lui, le déséquilibrant, mais il resta sur ses pieds, elle avait juste fait tomber la seringue de sa main. L'aiguille glissa sur le sol, et Anna était sur lui comme une sangsue. Il essaya de la repousser, mais elle s'accrocha à lui, enfonça ses ongles dans son dos et le mordit violemment au cou, ses dents s'accrochant aux tissus mous et s'enfonçant aussi profondément qu'elle le pouvait.

Il rugit de douleur. Elle sentit son sang jaillir dans sa bouche, mais elle s'accrocha. Il trébucha et tomba à genoux, mais elle ne voulait pas le lâcher. Soudain, elle fut arrachée et projetée au loin. Et puis il fut sur elle, tous les deux au sol.

— Espèce de garce stupide !

Il la frappa violemment au visage.

La douleur la terrassa. Elle savait qu'elle avait perdu le seul moyen d'attaque dont elle disposait. Elle chercha tout ce qui pouvait lui servir d'arme. Et sa main se referma sur l'aiguille qu'il avait laissée tomber.

Il tomba à genoux, la main sur la plaie de son cou.

Elle se redressa et lui planta l'aiguille dans le cou, puis appuya de toutes ses forces, enfonçant le contenu de l'aiguille dans son corps.

— Non ! s'écria-t-il. Tu ne peux pas faire ça. Il doit payer pour ce qu'il m'a fait. Il m'a mis à la porte. Il a ruiné ma vie.

— Non ! cria-t-elle. Ce n'était pas lui.

Elle se leva d'un bond et recula, crachant son sang puis s'essuyant la bouche.

— Tu as fait ça tout seul.

Et elle vit la vérité se dessiner lentement, alors même que ses yeux commençaient à se voiler.

Elle se retourna, ouvrant la porte qui la séparait du poste des infirmières, en criant :

— À l'aide, s'il vous plaît, à l'aide ! Il a essayé d'assassiner le patient !

Plusieurs personnes coururent vers elle. Avec soulagement, elle vit que l'une d'entre elles était un agent de sécurité. Elle se retourna pour jeter un coup d'œil à Brendan, mais il était à plat ventre sur le sol, le corps secoué de spasmes.

— Que lui est-il arrivé ? demanda l'infirmière.

Anna montra l'aiguille dans son cou.

— Il a essayé de l'injecter dans la perfusion de Flynn. Mais je le lui ai injecté à la place.

— Vous êtes sûre qu'il essayait de le tuer ? demanda une autre infirmière.

Anna se tourna vers l'agent de sécurité présent sur les lieux.

— C'est lui qui a tiré sur Flynn en premier lieu. Il m'a aussi tiré dessus. Elle fit un geste vers son bras : Je suis sûre qu'il a aussi tué un autre homme.

L'agent de sécurité vérifia l'état de Brendan, son arme prête à l'emploi. Mais tout aussi soudainement, Brendan cessa d'avoir des soubresauts. L'une des infirmières s'approcha avec précaution, se pencha et chercha un pouls. Elle leva les yeux vers Anna et lui dit :

— Il est mort.

Une voix faible s'éleva du lit.

— Tant mieux. Et je confirme ce qu'a dit Anna. C'est Brendan McAllister. C'est lui qui m'a tiré dessus.

L'infirmière se redressa et dit :

— Eh bien, il ne tirera plus jamais sur personne d'autre.

Anna se précipita au chevet de Flynn et se jeta doucement sur lui. Elle sanglotait de façon incontrôlable.

Flynn l'entoura d'un bras et la serra contre lui.

— Doucement, bébé ! Doucement. Tu t'es bien débrouillée.

Il jeta un coup d'œil aux autres personnes présentes dans la pièce, puis les oublia pour se concentrer uniquement sur Anna.

Elle sanglotait encore plus fort.

— Oh, mon Dieu, je ne pouvais pas croire que c'était lui ! Levi et les autres étaient en train de lui tendre un piège chez moi.

Flynn sourit. Il tendit la main et essuya les larmes de la jeune femme.

— C'était bien Brendan. Il ne faisait jamais ce qu'on attendait de lui.

Elle fixa Flynn, puis s'assit lourdement.

— Je l'ai tué. Mon Dieu ! J'ai tué un homme !

Flynn acquiesça.

— Je suis vraiment désolé que tu aies dû faire ça, chérie.

Elle le regarda pendant un moment, puis dit d'un ton de défi :

—Pas moi. Il essayait de te tuer. Et rien que pour cela, je le tuerais encore une fois !

Il lui caressa doucement les lèvres et murmura :

— Si fougueuse. J'aime ça.

Elle lui sourit.

— Je t'aime. Je n'ai jamais eu l'occasion de le dire avant.

Sa main se glissa derrière son cou et il l'attira vers lui. Quand ses lèvres furent juste au-dessus des siennes, il murmura :

— Et je t'aime aussi.

Elle l'embrassa. Pas fort, mais avec une douceur qui définissait le moment d'une manière à laquelle elle ne s'attendait pas.

Lorsqu'elle releva la tête, il dit :

— Je crois que j'ai mentionné tout à l'heure un poste qui pourrait t'intéresser.

Elle fronça les sourcils et étudia son visage pour voir un petit sourire se dessiner au coin de sa bouche.

— Quel poste ? chuchota-t-elle.

Il la tira doucement vers l'avant jusqu'à ce que sa tête soit à nouveau juste au-dessus de la sienne.

— Celui de ma femme.

Elle sursauta de joie.

— Tu le penses vraiment ?

Il sourit.

— Tu te souviens de ce que j'ai dit sur le fait de ne pas laisser partir mon ange gardien ?

— Tu veux m'épouser parce que je t'ai sauvé la vie, c'est ça ? demanda-t-elle prudemment. Pas pour les animaux, le refuge ou moi.

Il s'esclaffa.

— Chérie, j'ai beaucoup de raisons de vouloir t'épouser. Il se trouve que c'est la cerise sur le gâteau. Je veux t'épouser parce que je veux me réveiller avec toi tous les matins. Je veux te voir dès que j'ouvre les yeux et savoir que mes journées se dérouleront parfaitement parce que tu es là avec moi.

Elle renifla en retenant ses larmes.

— C'est une belle chose à dire.

— Et pourtant, tu n'as pas répondu.

Ses yeux perdirent un peu de leur taquinerie.

— La réponse est oui, dit-elle doucement. Je n'ai jamais douté que tu étais celui qu'il me fallait. C'est juste que je n'avais pas d'excuse pour revenir te revoir. Mais j'étais désespérée d'en trouver une.

— Ne t'inquiète pas ! J'aurais été là le jour même si tu n'étais pas venue en courant dans l'enceinte.

Ils se sourirent de joie.

— Ice m'a déjà accueilli dans la famille, dit-il à voix basse, avant de s'esclaffer. Elle est très perspicace.

— Elle m'a accueillie dans la famille ici, à l'hôpital, dit

Anna. Elle est aussi un peu effrayante.

— Je suis d'accord. Mais elle a du cœur.

— Et tu es le mien. Tu es vraiment mon héros ! Et le héros de mes animaux. Anna sourit : Je pense que cela fait de toi mon héros pour les sans-abri.

— Mieux vaut ne pas laisser Levi entendre cela, prévint-il. Même si Ice va adorer.

Avec un sourire embrumé, elle murmura :

— Je ne pensais pas survivre quand j'ai réalisé à quel point tu étais blessé.

— Je suis un dur à cuire, dit-il. De plus, j'avais la meilleure raison au monde pour vivre.

Lorsqu'elle leva un sourcil en signe de questionnement silencieux, il baissa la tête une fois de plus pour l'embrasser, et juste avant de poser ses lèvres sur les siennes, il murmura :

— Toi.

Épilogue

LOGAN MARCHAIT DANS le couloir de l'hôpital. Il n'arrivait pas à croire à la façon dont les événements s'étaient déroulés. Il était sacrément soulagé, mais en même temps, il se disait que c'était *typique de Brendan*. Logan déplaça les roses dans son bras. Elles étaient plus destinées à Anna qu'à Flynn.

En entrant, il vit beaucoup d'autres fleurs dans la pièce. Il rit.

— Je suppose que tu n'avais pas besoin de ça.

Il les tendit à Anna.

Elle les accepta, lui passa les bras autour du cou et le serra dans ses bras.

Il l'embrassa sur la joue.

— Heureux de voir que notre guerrière se porte si bien.

Elle rit un peu et se mit à sourire.

— Je ne sais pas ce qu'il en est de la guerrière, dit-elle, mais je m'en sors très bien. Surtout maintenant que Flynn va bien.

Logan se tourna vers Flynn.

— Pas trop mal, mon pote. Tu t'es fait tirer dessus et tu t'es fiancé en même temps.

Flynn lui jeta un coup d'œil paresseux.

— Le rétablissement est une saleté, dit-il doucement. Mais j'ai la chance d'avoir mon propre ange gardien.

Il tendit la main, et Anna fut là pour la saisir.

Logan rit.

— Je le vois bien. Dommage qu'elle n'ait pas de sœur. Elle pourrait peut-être partager un peu de cette lumière aimante et bienfaisante.

— Un jour, tu trouveras ta propre lumière, promit Anna.

Il la regarda, pencha la tête sur le côté et dit :

— Je n'en suis pas si sûr.

Elle lui fit un sourire spécial et lui dit :

— Je le suis, moi.

Il secoua la tête.

— Peut-être. Mais j'en doute.

Pourtant, en voyant le bonheur de son ami, il se rendit compte qu'ils étaient vraiment bénis. Son heure viendrait. Mais sans doute pas avant longtemps. Peut-être. Cela lui convenait.

Espérons-le !

Voilà qui conclut le tome 5 de *Héros à louer :*
L'Étincelle de Flynn.
Découvrez la suite avec *La Lumière de Logan :*
Héros à louer, tome 6

Héros à louer, La Lumière de Logan, tome 6

Logan se rend à Boston pour une mission de renseignement. Son enquête le plonge, ainsi que son partenaire, dans le monde sombre et profond du trafic d'êtres humains.

La dernière chose dont Alina se souvient, c'est d'avoir pris un café à la cafétéria de l'hôpital où elle travaille. Elle se réveille ligotée dans un appartement étrange. Son monde tel qu'elle le connaissait a disparu... peut-être pour toujours.

Maintenant, ils sont en fuite ensemble. Le temps joue contre eux. Il y a un quota à atteindre, et les trafiquants ne comptent pas laisser Alina.

Malheureusement, elle n'est pas la seule victime. La chasse est ouverte... aux trafiquants et à leurs autres victimes... avant qu'il ne soit trop tard.

Le tome 6 est disponible dès aujourd'hui !

Pour en savoir plus, visitez le site web de Dale Mayer.

https://geni.us/FRDMSLogan

Note de l'auteure

Merci d'avoir lu *L'Étincelle de Flynn, Héros à louer, tome 5* ! Si vous avez apprécié le livre, merci de prendre un moment pour laisser votre avis.

Chers lecteurs,

J'aime avoir de vos nouvelles, alors n'hésitez pas à me contacter sur mon site web : www.dalemayer.com ou sur ma page d'auteure Facebook. Pour être informés des nouvelles parutions et des offres spéciales, inscrivez-vous à ma newsletter ou suivez-moi sur BookBub. Si vous souhaitez rejoindre mon groupe de lecteurs, voici la page d'inscription sur Facebook.
http://geni.us/DaleMayerFBGroup

À bientôt,
Dale Mayer

À propos de l'auteure

Dale Mayer est une auteure de best-sellers au classement de *USA Today*, connue pour ses romances militaires sur les forces spéciales, sa série *Psychic Visions* et sa série *Jolis Jardins Maudits*, dans le genre cozy mystery. Ses romances contemporaines sont vibrantes d'émotion et de passion (série *Broken But... Mending, Hathaway House*). Ses thrillers vous laisseront à bout de souffle (séries *By Death* et *Kate Morgan*) et ses comédies romantiques vous feront rire aux éclats (*It's a Dog's Life*, une novella hors-série, et la série *Broken Protocols* avec Charming Marvin, le chat).

Elle laisse libre cours aux séries qui lui viennent... dont certaines sont carrément folles, enfreignant toutes les règles et croisant différents genres !

En plus de ses romans de fiction, elle écrit également des textes documentaires dans de nombreux domaines, dont la rédaction de CV, le jardinage de loisir et le système de crédit immobilier américain. Elle a récemment publié la série professionnelle *Career Essentials*. Tous ses livres sont disponibles aux formats papier et ebook.

Contactez Dale Mayer en ligne

Site web de Dale – www.dalemayer.com
Twitter – @DaleMayer
Facebook Page – geni.us/DaleMayerFBFanPage
Facebook Group – geni.us/DaleMayerFBGroup
BookBub – geni.us/DaleMayerBookbub
Instagram – geni.us/DaleMayerInstagram
Goodreads – geni.us/DaleMayerGoodreads
Newsletter – geni.us/DaleNews